CB142946

A POESIA DAS COISAS SIMPLES

FSC
www.fsc.org
MISTO
Papel produzido
a partir de
fontes responsáveis
FSC® C012418

A marca FSC® é a garantia de que a madeira utilizada na fabricação do papel deste livro provém de florestas que foram gerenciadas de maneira ambientalmente correta, socialmente justa e economicamente viável, além de outras fontes de origem controlada.

MOACYR SCLIAR

A poesia das coisas simples

Crônicas

Organização e prefácio
Regina Zilberman

COMPANHIA DAS LETRAS

Copyright © 2012 by herdeiros de Moacyr Scliar
Copyright da organização e do posfácio © 2012 by Regina Zilberman

Grafia atualizada segundo o Acordo Ortográfico da Língua Portuguesa de 1990, que entrou em vigor no Brasil em 2009.

Capa
Victor Burton & Angelo Allevato Bottino

Pesquisa
Lucia Maria Goulart Jahn

Preparação
Leny Cordeiro

Revisão
Renata Del Nero
Márcia Moura

Dados Internacionais de Catalogação na Publicação (CIP)
(Câmara Brasileira do Livro, SP, Brasil)

Scliar, Moacyr, 1937-2011.
A poesia das coisas simples : crônicas / Moacyr Scliar ; organização e prefácio Regina Zilberman. — 1ª ed. — São Paulo : Companhia das Letras, 2012.

ISBN 978-85-359-2171-7

1. Crônicas brasileiras I. Zilberman, Regina. II. Título.

12-10687 CDD-869.93

Índice para catálogo sistemático:
1. Crônicas : Literatura brasileira 869.93

[2012]
Todos os direitos desta edição reservados à
EDITORA SCHWARCZ S.A.
Rua Bandeira Paulista, 702, cj. 32
04532-002 — São Paulo — SP
Telefone (11) 3707-3500
Fax (11) 3707-3501
www.companhiadasletras.com.br
www.blogdacompanhia.com.br

Sumário

Cronista e leitor

1

Moacyr Scliar escreveu crônicas por aproximadamente quarenta anos. Publicou as primeiras no começo dos anos 1970, quando já tinha lançado os contos de *O carnaval dos animais* (1968) e o romance *A guerra do Bom Fim* (1972). As últimas apareceram nas semanas iniciais de 2011, sendo crônicas os últimos textos que o autor legou a seus leitores. Assim, aos vários gêneros a que se dedicou (romance, conto, literatura para crianças e jovens, ensaios), é preciso somar aquele que acompanhou sua trajetória do começo ao final — a crônica de jornal.

A crônica é um gênero de difícil definição, já que pode analisar fatos contemporâneos, narrar histórias verídicas ou imaginárias, rememorar pessoas e acontecimentos, tecer comentários sobre literatura ou outras expressões culturais. Por lidar com um espectro amplo de assuntos, a crônica exige conhecimento amplo e diversificado, a não ser que o autor se especialize em uma única matéria, como economia, futebol ou arte. Ao mesmo tempo, requer estilo acessível e moderno, pois, sendo veiculada sobretudo pela imprensa, dirige-se a audiência diferenciada. E se o escritor não for lido pelos distintos segmentos do público, provavelmente encerrará logo sua carreira de cronista.

Escrever crônicas exige, assim, rigor e atenção, tanto maior se lembrarmos que o autor deve estar apto a produzir vários textos por semana, e não apenas ocasionalmente. Nenhum cronista é "bissexto", adjetivo que se aplica a vários artistas que se dedicam fortuitamente a um gênero, sem praticá-lo quase cotidianamente.

Afirmar que Moacyr Scliar desempenhou o ofício de cronista por quase quarenta anos significa, pois, declarar que, em seus textos, se identificam as virtudes destacadas: a variedade dos assuntos, sem que se mostre superficial ou frívolo; o conhecimento dos temas, mesmo os que não se associam diretamente à sua dupla profissão de ficcionista e de médico sanitarista; a linguagem límpida, com toques de humor, além de simples e moderna. Foram essas qualidades, somadas à atenção aos problemas atuais, que fizeram dele um dos mais importantes cronistas da literatura brasileira das décadas finais do século XX e primeira do século XXI.

2

Moacyr Scliar nasceu em Porto Alegre em 1937. Seus pais provinham da Europa, tendo migrado para a América em busca de melhor sorte. O escritor gostava de contar que eles, em especial a mãe, professora, o estimularam desde cedo à leitura de bons livros, de modo que o jovem logo se acostumou à literatura e à fantasia despertada pela ficção.

Cedo se revelou sua vocação literária. Publicou o primeiro conto quando frequentava o ensino médio, época em que recebe um prêmio literário, o primeiro de muitos que se sucederiam.

Mas, profissionalmente, decide-se pela medicina, que acaba por constituir o objeto de seu livro inaugural, *Histórias de médico em formação*, de 1962.

Embora tenha publicado outro livro de contos, em 1964, *Tempo de espera*, Moacyr considerava *O carnaval dos animais* o início de seu percurso de escritor. Essa trajetória toma impulso na década de 1970, quando aparecem alguns de seus já então importantes livros, como *A guerra do Bom Fim* (1972), *O exército de um homem só* (1973) e *O centauro no jardim* (1980).

É 1962 o ano, pois, do começo das duas carreiras que escolheu, a de escritor e a de médico, dedicada esta a questões ligadas à medicina social. Mas não são profissões exercidas separadamente, já que os conhecimentos originários das atividades associadas à saúde aparecem em romances, como *Doutor Miragem* (1978) e *Sonhos tropicais* (1992), e em ensaios, como *Do mágico ao social* e *Cenas médicas*, ambos de 1987. É, porém, sua condição de judeu e filho de imigrantes oriundos da Europa que fornece ao escritor o manancial de experiências que fecundam sua obra dos primeiros aos últimos livros.

Moacyr Scliar pertenceu à geração de judeus brasileiros, cujos pais deixaram a Europa no começo do século XX, buscando na América a oportunidade não apenas de progredir social e financeiramente, mas, e sobretudo, de encontrar uma terra acolhedora onde não fossem vítimas do preconceito e do racismo. O escritor fez parte, assim, de um grupo de pessoas que compartilhou duas situações culturais distintas, mas não necessariamente antagônicas: a de herdeiro da tradição judaica e europeia, caracterizada pela valorização do saber e da escrita, sintetizados na leitura do *Bíblia* hebraica; e a de brasileiro, integrante de uma sociedade assinalada por desigualdades econômicas, mas em permanente transformação em seu esforço de progredir, às vezes generosa, às vezes repressora, porém inevitavelmente inquieta e movediça. Desse material se nutre sua obra, aparecendo também em suas crônicas.

3

Moacyr Scliar escreveu todo tipo de crônica. Publicou algumas delas em livro, privilegiando as que fazem pequenos relatos do cotidiano. Talvez porque se considerasse, como dizia Erico Verissimo a propósito de sua própria obra, um contador de histórias. Quando deixava em descanso a atividade literária, dirigia suas energias para a condição de médico, como testemunham muitos de seus escritos.

Scliar foi também um grande leitor, evidenciando aquilo que a leitura tem de melhor — a dedicação à literatura, a exposição das emoções suscitadas pelos livros, o desejo de interpretar os significados de uma obra, o empenho em conhecer o sujeito-autor que se esconde por trás dos textos.

O leitor Scliar não emerge por acaso. Em "Réquiem para um contador de histórias", dedicada ao pai, o escritor recorda como José Scliar era um narrador inato, tramas brotavam dele com grande naturalidade. Moacyr compara o pai a Scherazade, a moça que salvou a própria vida relatando intermináveis contos ao rei com quem casara. O talento e o gosto por narrar certamente migraram para o filho; mas também fizeram dele um ouvinte atento e encantado, que, depois, procurará reencontrar na ficção aquelas emoções. De outra parte, como já foi lembrado, a mãe o estimulou à leitura de obras de literatura, de modo que ele passou pelas fases usuais que acompanham a formação de um bom leitor: frequentou a literatura infantil, depois se orientou para os livros endereçados à juventude, e, por fim, adentrou pela ficção dirigida ao público adulto, sempre com grande paixão.

Um primeiro resultado se apresenta na seção destinada a "Leituras, livros, literatura". Podem-se verificar então as várias maneiras como Scliar entende a relação do leitor com o livro, do autor com sua obra, do escritor com o público. É esse o primeiro ângulo a se destacar, pois os que o conheceram são unânimes em atestar sua permanente disponibilidade para falar com os distintos segmentos de leitores. Crianças ou adultos, universitários ou aposentados, geograficamente próximos ou distantes — todos tinham oportunidade de dialogar com o escritor, que era, da sua parte, um entusiasta desses encontros, como testemunham as crônicas "O papo é a literatura" e "A Jornada é a vida". E, conforme "Literatura e política", essa permanente militância tem a ver com o impacto da ação dos escritores no mundo atual, representando, como afirma, "a consciência viva de seu tempo".

Se, como escritor, Scliar não perdia oportunidade de conversar amistosamente com seu público, como leitor ele se revela um conhecedor da literatura brasileira contemporânea. Erico Verissimo e Jorge Amado constam entre suas preferências, em crônicas que relatam o testemunho pessoal e a apreciação da obra. O James Joyce de *Ulisses*, o Julio Cortázar dos contos e o Philip Roth que diagnostica a crise da classe média norte-americana formam o acervo de seus preferidos entre os estrangeiros.

Ao mesmo tempo, Scliar mostra sua aptidão a pensar panoramicamente, o que aparece na crônica — quase um ensaio — sobre os impasses da ficção em nosso país, assim como no quadro sobre as obras literárias que lidaram com o tema da guerra. Clássicos, como a *Bíblia*, e best-sellers, como *O livreiro de Cabul*, incluem-se em seu rol de leituras. Mas deve-se salientar também seu grande amor ao livro, esse objeto modesto e nem sempre prático, porém "amável, arrebatador", que se acumula frequentemente na cabeceira da cama do escritor-leitor insaciável. Tudo porque, como ele declara, "ler faz bem à saúde".

Do leitor voltamos ao escritor, e algumas crônicas têm o valor inestimável do depoimento sobre a própria obra: "Em busca do livro perdido" fala do desencanto do escritor com *Histórias de médico em formação*; "Sobre centauros", de seus dilemas enquanto criador de uma personagem que nasce sob a forma de centauro, mas, sendo judeu, precisa ser circuncidado; "Quem são os vendilhões do Templo?" dá conta das intenções do ficcionista com a abordagem do controverso tema bíblico que embasa um de seus mais importantes romances.

4

O leitor Moacyr Scliar protagoniza também a maioria das crônicas da segunda parte desta coletânea. Mas não é aos livros que os textos se referem, mas às pessoas que os produziram e às personagens que criaram. Acompanhando o modo como o autor se relaciona com essas figuras — históricas, grande parte delas, e imaginárias, em alguns casos — temos oportunidade de conhecer agora novos ângulos do ser humano Moacyr Scliar. De fato, ali estão presentes não apenas o leitor, mas o artista, o intelectual, o amigo, o parente — enfim, o admirador apaixonado de um grande número de indivíduos que fizeram parte de sua trajetória existencial.

Desses ângulos, destaque-se primeiramente o que se relaciona ao judaísmo.

Como se anotou antes, Moacyr Scliar pertenceu à geração dos judeus nascidos no Brasil, mas cujos pais provinham da Europa Oriental. Testemunhou o processo de integração de seus familiares à vida brasileira, as dificuldades econômicas, o compromisso permanente com a cultura, a preocupação com a educação dos filhos, matéria de que se alimentaram muitos de seus romances.

Nas crônicas, Scliar particulariza o modo de tratar as questões relacionadas ao judaísmo. Em vez de valer-se da imaginação, que lhe permite inventar personagens e narrativas, ou da memória, que o ajuda a recuperar fatos que experimentou, o cronista destaca personalidades, a maioria delas marcantes da vida judaica. Assim, dedica seus textos a figuras de ascendência hebraica que colaboraram para o fortalecimento da cultura e da sociedade brasileiras, associados à literatura, como Clarice Lispector e Maurício Rosenblatt, à pintura, como Lasar Segall, à saúde pública, como Noel Nutels, à história política do país, como Olga Benario. Scliar valoriza sobremaneira a participação feminina, seja a de mulheres europeias de forte atuação na política, como Rosa Luxemburgo, Simone Weil ou Emma Goldman, seja a da gaúcha Ligia Averbuck, cujos projetos pioneiros no âmbito da literatura levaram o Rio Grande do Sul a decisivo patamar de produção e de circulação literária.

Mas não só figuras notáveis da cultura e da política estão presentes nas crônicas de Scliar. Os familiares nunca são esquecidos, mesmo porque suas ações se entrosam a fatos capitais da vida nacional, como evidencia a pintura de Carlos Scliar, seu primo, ou a militância política de Henrique Scliar, seu tio.

Essas pessoas, vinculadas à etnia judaica, não constituem maioria nas crônicas de Scliar. E ali estão presentes porque compartilham com os demais o protagonismo de Monteiro Lobato ou Carlos Drummond de Andrade, por exemplo, em nossa vida cultural e literária. Ou de Getúlio Vargas e Fernando Henrique Cardoso, na política. Boa parte, como Jorge Amado, Josué Guimarães, Rubem Braga, Antonio Callado e os dois Verissimo, Erico e Luis Fernando, é lembrada não apenas por sua importância, mas também porque Scliar foi amigo de cada um deles e não quis esquecê-los. O elenco desses atores não é formado apenas por brasileiros: relacionados estão os nobelizados José Saramago e García Márquez, bem como os renomados George Orwell e J. D. Salinger, ao lado do canônico Tolstói, relembrado por seu comportamento transgressivo e desafiador até os últimos dias de vida.

Sobressaem-se ainda personagens fictícias, pertencentes, todas, ao gênero feminino. Se as mulheres, judias ou não, como Pagu, predominam na lista de personalidades históricas, essa preferência é reiterada, quando se trata de indicar personagens representativas, sejam elas humanas, como Capitu ou Ana Terra, bonecos, como a Emília, de Lobato, ou animais, como a cadela Baleia, de *Vidas secas*.

As mulheres não esgotam o universo humano dessa seção, que acolhe também Fernando Sabino, Paulo Coelho, Cyro Marins e Josué de Castro, entre escritores e médicos com destacada atividade no campo intelectual e criativo. Mas o escritor não perde oportunidade de valorizar a atuação pública das mulheres, assim como chamara a atenção para a contribuição dos judeus, nascidos ou não no Brasil, onde a maioria viveu.

Essas escolhas evidenciam o humanismo e a generosidade do escritor, que procurou sublinhar a participação daqueles que, por preconceito ou falta de atenção, não obtiveram o relevo que mereceriam por parte dos registros oficiais da História e de seus figurantes.

5

Crônicas são também narrativas de eventos efetivamente ocorridos ou imaginários, gênero em que Moacyr Scliar se notabilizou, produzindo textos reunidos em distintas coletâneas. Essa modalidade não poderia faltar aqui, e é exemplificada por dois tipos de textos. Alguns expõem fatos imaginários ou anedotas, como, no primeiro caso, a conversa entre irmãos, que recupera várias personagens da literatura ligadas por laços fraternos, ainda que nem sempre amistosos, ou, no segundo, a "História de mãe", dedicada às mães, em especial as de origem judaica.

Mas a maioria das crônicas lida com o relato de eventos experimentados pelo escritor. Parte deles expõe o modo como Scliar vivenciou acontecimentos históricos de importância internacional, com ênfase nas suas relações com Cuba, cuja revolução mobilizou as esperanças de emancipação dos povos latino-americanos e cuja atualidade é vista com simpatia e com equilíbrio pelo escritor. Na outra parte, o cronista relembra episódios protagonizados por amigos ou conhecidos, como em "O vegetariano", e principalmente com ele, como em "A arte secreta de pedir esmolas", "Terrores culinários", "Aconteceu no metrô" ou "Aflição dos escritores".

Esses episódios são, na maioria, cômicos, e neles o autor ri de si mesmo, como em "Médico & monstro". Essa atitude sinaliza a maturidade do escritor. Somente uma pessoa muito segura de si mesma, de sua arte de escrever e de sua serenidade, tem condições de se expor ao leitor, revelando inclusive suas fragilidades.

É com essa imagem — a de um artista e intelectual convicto de suas habilidades literárias, ao mesmo tempo generoso e confiante — que a coletânea de suas crônicas se fecha. Seus textos, publicados no jornal *Zero Hora* de Porto Alegre entre 1977 e 2011, em algumas semanas quase diariamente, privilegiaram o diálogo com o público leitor, e é em nome dessa leitura permanente e agradável que Moacyr Scliar mostrou sua grande qualidade de escritor e seu amor à literatura.

*Regina Zilberman**

* Professora da Universidade Federal do Rio Grande do Sul, vinculada ao setor de literaturas portuguesa e luso-africanas, e uma das maiores especialistas do país em literatura infantojuvenil e história da literatura. Tem mais de vinte livros publicados e premiados na área pedagógica e educacional.

As pessoas que amam o livro, amam-no não só por seu conteúdo, pelas histórias que conta ou pelas ideias que expõe; as pessoas que amam o livro, amam-no também como objeto.

Moacyr Scliar

I. LEITURAS, LIVROS, LITERATURA

O papo é a literatura

[17/10/1977]

Há quem não goste, mas eu particularmente acho que o encontro de um escritor com o público (especialmente o público jovem) é uma experiência muito interessante. Não que o escritor vá escrever melhor por causa disso; talvez até escreva, em função do enriquecimento que significa esse contato. Também não acho que o público vá ampliar seus conhecimentos sobre a literatura propriamente dita em função de um papo com escritor. Mas penso que o principal resultado desses encontros é a desmistificação de aspectos da atividade literária — que, em nosso país (como em muitos outros), se reveste de uma aura mágica. A verdade é que a palavra escrita impõe respeito, especialmente nos lugares em que boa parte da população ainda não a domina inteiramente.

Então, a primeira coisa que os alunos (vamos nos restringir a alunos) descobrem é que o escritor é um ser de carne e osso igual a todo mundo. Ele não entra voando pela janela, não emite nenhuma luz mágica. Fala. Responde perguntas.

As perguntas feitas aos escritores são interessantes. Refletem a concepção de que a literatura se gera no escritor como resultante de uma conjuntura peculiar, de certas manobras, de determinados ritos. Os alunos perguntam a que horas o escritor escreve, como é que ele escreve, o que faz com o texto depois de pronto etc. E aí descobrem que alguns escritores escrevem de manhã, outros à tarde e outros, ainda, à noite (nem sempre os mais obscuros). Alguns usam lápis, outros caneta, uns terceiros máquinas de escrever, manuais ou elétricas. Hoje em dia são raríssimos os escritores que, como à Era das Cavernas, gravam seus trabalhos em pedra. É possível encontrar ainda alguns escrevendo com pena de pato (especialmente os de estilo mais rebuscado). Que eu saiba, não há escritores utilizando o computador em seus trabalhos; talvez o *nouveau roman* tendesse para isso, mas ainda estamos aguardando.

Os alunos descobrem que alguns escritores escrevem de pé (como Hemingway) e outros, deitados (como Proust); pode ser que um dia alguém descubra que a busca da virilidade é que mantinha Hemingway ereto, e que a cama de Proust simbolizava uma ânsia secreta por um divã de analista. Por enquanto, ainda não há correlação visível entre o decúbito adotado e a obra literária resultante.

Pergunta-se muito aos escritores como e por que começaram a escrever. Como, não é difícil descobrir; mas o porquê, ah, o porquê. O que leva alguém a buscar na palavra escrita a forma de expressão? É uma coisa herdada? É alguma comida que fez mal? É um vírus? E, se é um vírus, há vacina contra este vírus? (Muitos censores gostariam de usá-la, decerto.)

Depois vêm as perguntas de ordem geral. Divórcio agora está fora de discussão, mas sobre a censura ainda se pergunta muito — o que obriga o escritor a esforços de imaginação para fornecer uma resposta mais ou menos adequada. O que não quer dizer que o escritor não possa responder a essas e outras indagações. Pode e deve, e o fará na condição de intelectual (não é todo o mundo que gosta dessa palavra). E de novo voltamos à palavra. Porque o instrumento do intelectual é sem dúvida a palavra; a palavra que ele coloca a serviço do pensamento. O grande mérito do intelectual talvez seja exatamente este: o de não usar a palavra em vão.

E já que estamos falando em palavra, vamos lembrar que para o escritor o lugar mais adequado para a palavra é na página impressa. É ali que ela encontra a plenitude de sua realização, a sua hora da verdade. Portanto, depois de encontro com os escritores, é muito bom se encontrar com os livros. Depois de falar em literatura, é bom procurar a literatura. É ou não é?

Erico, literatura e medicina

[24/01/1980]

Olhai os lírios do campo demonstra, mais do que qualquer outro livro de Erico Verissimo, a atração do escritor pela medicina como tema ficcional. Neto de médico, Erico trabalhou em farmácia numa época de sua vida, o que sem dúvida lhe forneceu subsídios sobre doutores e doenças; e médicos com quem conviveu testemunham sua curiosidade sobre o assunto.

Médicos são personagens que atraem os ficcionistas. É uma profissão que lida com a vida e com a morte, com a doença e o sofrimento, e estes são também os temas da grande literatura — como *A montanha mágica*, de Thomas Mann. O médico testemunha toda a fraqueza da humanidade, disse Schopenhauer, e o escritor por vezes testemunha os dramas da medicina. O problema é que nem todos os escritores têm a visão de um Erico Verissimo, assim como nem todos os médicos são Hipócrates, ou Osler, ou Albert Schweitzer. Medicina é um grande tema para a literatura, mas às vezes a abordagem do grande tema fica apenas na intenção — e de boas intenções o inferno literário está cheio. Curiosamente, nem sempre são os médicos os que melhor tratam de sua profissão em termos ficcionais, apesar de o médico-escritor não ser uma espécie rara — só aqui no Rio Grande temos os exemplos de Dyonélio Machado e de Cyro Martins, e também os de Paulo Dias Fernandes, José Eduardo Degrazia, além do meu próprio caso. O problema aí é o do distanciamento. Para escrever sobre um tema, você tem de digeri-lo primeiro. Foi o que aprendi com "Doutor Miragem", novela que escrevi e reescrevi várias vezes — até compreender que tinha de tratar o médico como personagem e não olhar o personagem como médico.

Mesmo os ficcionistas têm dificuldades com seus personagens médicos. O erro mais frequente é o da idealização: o doutor-sacerdote, bonzinho, impecável. O expoente máximo desta linha é o edulcorado A. J. Cronin (aliás, médico) e dela derivaram as séries de TV tipo *Doutor Kildare*. A distorção oposta, que pretende revelar a "sordidez" dos bastidores médicos — por exemplo, os best-sellers americanos lançados no Brasil pela Record —, também é comum. Enfim, é difícil conjugar ficção com uma visão crítica, madura, da medicina. Nesse sentido, continua digna de citação a peça de Bernard Shaw, *O dilema do médico*, que é de 1911, mas continua mantendo surpreendente atualidade. O magistral prefácio deveria fazer parte dos currículos das escolas de Medicina. Já no início, diz Shaw: "Que a nação pague aos cirurgiões pelo número de pernas que amputam, da mesma maneira que paga aos padeiros pelo número de pães que produzem, é o bastante para nos fazer desesperar da visão política da humanidade". Pois é exatamente por esse critério que o Inamps paga, até hoje, pelos serviços que recebe.

Shaw é irônico, Erico é sobretudo tolerante. Mas o grande escritor gaúcho soube transformar seus personagens médicos em seres humanos. A adaptação para a TV de *Olhai os lírios do campo* o demonstrará. Milhões de espectadores poderão vivenciar as emoções de uma obra que nada tem de escapista, impregnada, como está, de um profundo sentido de realidade.

Três leituras de engajamento

[13/08/1982]

A primeira leitura é dos anos 40, 50. Você é então um adolescente: seu rosto espinhento, conflagrado, dá uma ideia de seu tumulto interior. Seu coração ora se confrange com a miséria e a injustiça — você sofre todas as dores do mundo — ora bate mais forte em solidariedade com a luta, nem sempre vitoriosa, mas sempre esperançosa, dos fracos, dos humildes, dos pobres da Terra. Ainda estão presentes na memória de todos os ecos da memorável e fragorosa derrota imposta ao nazifascismo, no conflito em que a pátria do socialismo, a União Soviética, mostrou a força esmagadora de seu punho de aço: Stalingrado! As lágrimas te vêm aos olhos. Por toda a parte, os povos coloniais sacodem o jugo, proclamam sua independência e a fé no socialismo. Jorge Amado é o intérprete fiel do sentimento e da fé de milhões. O mundo está cheio de Cavaleiros da Esperança, de Capitães da Areia. O mundo é o jovem Pedro Bala, disposto a lutar até o fim por sua dignidade. Quanto ao Brasil, acabou de sair da ditadura getulista, tem um Partido Comunista que é legal, que fala a portuários, gráficos e ferroviários através de seus disciplinados líderes. Em Porto Alegre, como em muitas outras cidades, jovens varam as madrugadas discutindo nos bares do Bom Fim e da Cidade Baixa as estratégias para chegar ao socialismo. Quando se despedem, ficam a vaguear pelas ruas inquietos, insones, à espera do novo dia que vai nascer: sob o braço, livros: Marx, Lênin, romances do povo, e — sempre — Jorge Amado.

A segunda leitura é dos anos 60, talvez 70. O clima é de amargura, de ceticismo, de cinismo mesmo. Os crimes do stalinismo já foram revelados, a União Soviética já mostrou a Berlim, em Budapeste e em Praga que seus tanques não brincam em serviço; mas tampouco brinca em serviço o imperialismo: Guatemala, baía dos Porcos... Aqui no Brasil, depois da euforia juscelinista e do intervalo surrealista, e ou trágico, o jovem e feroz capitalismo mostrou que também não queria muita conversa: depois de 64, foi o silêncio.

Neste mundo, os primeiros livros de Jorge Amado parecem ingênuos; simples demais, se não simplórios; enganosos até, para alguns. E a própria mudança de rumo do escritor, em direção ao lirismo, ao humor, parece confirmar que a primeira parte de sua obra, a engajada, tornou-se anacrônica, superada. Nem por isso o novo Jorge Amado deixa de encantar milhões; ao contrário, seus livros difundem-se pelo mundo todo, o vídeo encarrega-se de mostrar suas histórias àqueles que têm menos acesso à palavra escrita. A posição do escritor está definitivamente consagrada e até a Academia Brasileira de Letras acaba por acolhê-lo.

E chegamos a essa inquietude incógnita que é a década dos 80, a década que vê o Brasil render homenagens ao escritor que completa setenta anos no pleno domínio de seu ofício, ao intelectual cuja mensagem — cada vez mais serena e ponderada — encontra ouvidos sempre atentos. A qual Jorge Amado se refere essa consagração? Ao de *Gabriela*, provavelmente. Ao de *Dona Flor*. Ao dos *Velhos marinheiros*.

Mas há quem pense no jovem Jorge Amado, no escritor engajado, e desta vez não com irrestrita admiração, nem com hostil desconfiança; mas talvez, com uma compreensão mais profunda do que possa significar este engajamento.

A propósito, uma historinha. À época da Revolução Cultural, os funcionários da embaixada chinesa em Londres saíam à rua, todas as manhãs, e punham-se a ler em coro, para as passantes, o *Livro vermelho* de Mao. A um incrédulo, um dos chineses explicou que, na realidade, eles não esperavam convencer ninguém da validade dos pensamentos de Mao; o que eles estavam fazendo era representar um papel — o papel de alguém que acredita tão profundamente em suas convicções que não se importa de passar por ridículo. E essa representação, sim, estava destinada a emocionar, e portanto a convencer as pessoas.

Temos a tendência a rejeitar os escritores engajados porque não acreditamos neles, porque o mundo não é aquilo que descrevem, aquela marcha inexorável e gloriosa rumo a um brilhante ideal. Mas, assim fazendo, deixamos de pensar na literatura engajada como representação, como *wishful thinking*, realmente o mundo não é assim que ele deveria ser, e assim ele será, se os leitores forem muitos e tiverem bastante fé — a fé que o escritor tem em sua obra, quando é jovem e acredita na palavra como a alavanca que pode mover o mundo e alterar o curso da História. É assim que se deve ler a literatura engajada, quase como se fosse um *objet trouvé*. Comovedor, ou apenas curioso, ou ainda lamentável, este objeto, uma vez por nós encontrado, se incorpora à nossa existência e portanto merece respeito. Merece carinho também, e merece ternura. A esquerda é festiva? Melhor a festa do que o velório. Façamos nossa a festa de Jorge Amado.

Que país é este? O impasse da literatura brasileira

[28/05/1988]

O que está acontecendo com a literatura brasileira? É uma pergunta que se fazem, neste país, leitores, críticos, editores e escritores. As obras de ficção tornam-se raras nas livrarias; mais que isso, falta-lhes o humor e a imaginação que eram seu principal característico num passado não muito remoto. Existe uma crise editorial, parte da crise econômica geral. O preço dos livros sobe constantemente, empurrado por uma inflação astronômica, que chega aos 800%. Em consequência, o público compra menos livros nas poucas livrarias do país, as editoras estão reduzindo seus lançamentos; aumentam os estabelecimentos que vendem livros usados e as copiadoras funcionam como nunca.

Mas a crise não é só quantitativa, ela é qualitativa também. Nas listas das obras mais vendidas (estabelecidas segundo critérios nebulosos), figuram sempre os best-sellers norte-americanos. Mais que isso, o público brasileiro decididamente está preferindo as obras não ficcionais, como se constata pelos livros mais vendidos dos últimos anos: *O que é isso, companheiro?*, de Fernando Gabeira, *Olga*, de Fernando Morais, biografia da mulher do lendário comunista Luís Carlos Prestes; sem falar no *Analista de Bagé*, do nosso Verissimo. Além disso, *Rumo à Estação Finlândia*, de Edmund Wilson, lançado nos Estados Unidos há quase sessenta anos, vendeu 50 mil exemplares, um número apreciável num país em que as tiragens em geral estão em torno de 3 mil exemplares. O êxito do livro de Wilson, aliás, comprova o talento do *wonder boy* do mundo editorial brasileiro, Luiz Schwarcz, um homem que alia a sensibilidade à criatividade. Seu último lançamento, uma coletânea de entrevistas com escritores (seleção da *Paris Review*) tinha 3 mil capas diferentes, executadas manualmente por artistas gráficos — um recurso que Schwarcz usou para atrair os leitores.

A mudança de preferência do público leitor reflete a desorientação que reina na ficção brasileira neste período que podemos chamar de pós-repressão. Durante vinte anos o país viveu sob uma ditadura militar que exerceu rigorosa censura sobre os meios de comunicação. Verdade que a repressão poupou a literatura, considerada pelos militares (e com razão) como elitista, e portanto inofensiva, mas mesmo assim livros foram apreendidos, gerando um clima de insegurança e de revolta nos meios intelectuais. Uma situação, aliás, que não é inteiramente prejudicial à criação literária: Jorge Luis Borges costumava dizer que a ditadura peronista lhe estimulava a imaginação, e algumas boas obras do chamado realismo mágico ou realismo fantástico brasileiro apareceram nesse período. Com a volta da democracia, surge uma espécie de perplexidade: não há mais ditadores caricaturais, a fronteira entre o bem e o mal fica indistinta, o branco e o preto na paisagem política dão lugar ao cinzento universal.

Uma situação que não é característica do Brasil. O mesmo aconteceu, por exemplo, em Portugal. Após uma ditadura de quarenta anos, esperava-se que as gavetas dos escritores portugueses se abrissem e que de lá saíssem as obras-primas produzidas durante a repressão. Foi preciso que alguns anos se passassem para que a literatura lusitana ganhasse a força que hoje constatamos na obra de um José Saramago. Na Argentina, a arte que se manifestou com mais vigor após a democratização foi o cinema. Filmes como *A história oficial* contribuíram para o lento e doloroso processo de introspecção pelo qual passou o povo argentino após a Guerra das Malvinas e a derrocada da ditadura.

Eppur si muove. Apesar de tudo, a literatura brasileira está dando, novamente, sinais de vida. E já se pode antever que temas mobilizarão os escritores nos próximos anos. Em primeiro lugar, a História: a literatura deverá buscar, no passado recente e remoto do país, resposta para a inquietante pergunta que sintetiza a perplexidade brasileira: que país é este? Qual a razão das repetidas crises institucionais? Nesse sentido, a ficção deverá dar voz a grupos até agora excluídos da vida intelectual: mulheres, emigrantes, negros. Este ano celebra-se o centenário da abolição da escravatura, uma medida que o Brasil adotou tardiamente, e a nova intelectualidade negra do país está disposta a fazer dessa comemoração um *turning point* para esse marginalizado grupo — em termos de sua expressão cultural.

Há uma crise na literatura brasileira, sim, mas tudo indica que o país sairá dela. Diz-se que o Brasil está à beira de um abismo, mas que não cairá nele por uma simples razão — o país é maior do que qualquer abismo.

Modesto, pouco prático; amável, arrebatador

[20/10/1990]

As pessoas que amam o livro amam-no não só por seu conteúdo, pelas histórias que conta ou pelas ideias que expõe; as pessoas que amam livro amam-no também como objeto.

É modesto, esse objeto. Mesmo quando em formato grande, mesmo com capa vistosa — o livro é modesto. A televisão anseia por ser ligada, e o toca-fitas também, mas um livro pode ficar anos, décadas, numa prateleira, imóvel, à espera de que alguém se lembre dele. Um corolário importante dessa modéstia é que o livro não protesta quando é roubado. Nem mesmo os livreiros o fazem. Contagiados pela timidez do produto que vendem, hesitam em bradar aos quatro ventos, socorro, polícia, estou sendo roubado. À timidez, aliás, pode se associar um motivo ideológico. Lembro um livreiro comunista de São Paulo que era sistematicamente, e escandalosamente, roubado por seus pseudoclientes; mas não protestava. Não era o que ele desejava, que lessem *O capital*? Ora, os que queriam *O capital* eram justamente os que não tinham capital; fazia-se, pois, justiça. Aliás, o contestador Abbie Hoffman (depois empresário; depois falecido) escreveu um livro sobre guerrilha que se chama *Steal this book* [Roube este livro]. Mui apropriado.

Igualmente, aqueles que levam um livro emprestado não se sentem obrigados a devolvê-lo. Dizem que nessa questão de empréstimo de livros há dois tipos de trouxas: os que emprestam, obviamente, e os que devolvem.

O livro não é prático. É muito mais fácil transportar dez disquetes, por exemplo, do que dez livros. Livro pesa, livro faz volume. Lembro-me uma vez em que fui detido na aduana do Rio por um funcionário intrigado com o peso da mala que eu levava e que me mandou abrir — esperando, naturalmente, encontrar equipamentos de som de última geração, filmadoras, computadores. Quando viu o conteúdo, exclamou, aborrecido: "Mas são só livros!". E tinha razão: eram só livros.

Modesto, pouco prático — por que tantas pessoas amam o livro, então? Justamente por isto: porque é um objeto modesto, pouco prático. Porque tem a coragem de ser o que é num mundo que anseia por renovação todos os dias, num mundo em que trombetear glórias e alardear vantagens é parte da regra do jogo, num mundo em que ser prático é questão de sobrevivência. E, sendo o que é, o livro nos vincula ao passado, a essa imensa corrente humana que, através dos tempos, fez da palavra escrita a forma de entender a realidade e de intercambiar emoções; e nos projeta para o futuro onde sempre haverá lugar para ele.

A paixão do texto

[08/11/1992]

As pessoas que gostam do livro formam, em todo o mundo, uma grande irmandade, unida em sua silenciosa paixão pela palavra escrita. Talvez seja estranho falar em irmandade quando se constata que a leitura é uma prática individual, para não dizer solitária. No metrô de Nova York, por exemplo, fazem-no em parte para evitar o papo com os estranhos, mas também porque amam a leitura. As pessoas que amam a leitura leem em qualquer lugar. E também fazem qualquer coisa para arranjar um livro.

Havia uma pequena livraria marxista em São Paulo chamada Livraria das Bandeiras. A denominação era menos uma homenagem ao local, à praça da Bandeira, do que uma visão arrebatada: bandeiras vermelhas tremulando vitoriosas ao vento da revolução. Revolução que aliás não tinha ali o seu melhor baluarte; o estabelecimento era escuro, acanhado, operado apenas por um velho e melancólico militante. Um grupo de jovens esquerdistas costumava frequentar a livraria, não para comprar e sim para — hesito em usar o termo, mas outro não me ocorre — furtar. A tática era sempre a mesma: um dos rapazes ficava conversando com o livreiro, levantando questões teóricas ("O companheiro acha que o xadrez é uma invenção da burguesia?"), enquanto os outros enchiam bolsos e pastas com as obras de Marx e Engels. E o pobre guardião dos livros? Não se dava conta do que acontecia? Provavelmente sim, bisonhos eram os ladrões amadores. Mas ficava dividido entre exercer o papel, que provavelmente odiava, de repressor, e deixar a rapaziada levar a mensagem progressista. Graças à sua vacilação o roubo (ou a expropriação) triunfava.

A verdade é que o livro não é uma propriedade comum, tanto que aqueles que pedem livros emprestados não se julgam obrigados a devolvê-los. Como propriedade, o livro nem sempre é valorizado; às vezes é até menosprezado. O duque de Gloucester, a quem o grande historiador inglês Gibbon levou a sua monumental obra sobre o Império Romano, disse ao escritor: "Outro maldito, grosso e chato livro! Sempre escrevinhando, hein, Mr. Gibbon?". E não se pense que isso é mau humor de aristocrata, ou o desabafo de um ignorante; Isaac Bashevis Singer conta de um amigo que tinha um sebo e que todas as noites, ao sair, fechava a porta com vários cadeados.

— Você deve ter medo que roubem os seus livros — comentou o escritor.

— Ao contrário — foi a resposta. — O meu medo é que coloquem mais livros aí de noite.

Uma vez, no metrô de Nova York, sentei diante de uma moça que estava lendo. Num solavanco do trem, ela ergueu o livro, e eu pude ver a capa; era — oh, emoção — a tradução americana de *O centauro no jardim*. Assaltou-me o tolo impulso de ir até ela e apresentar-me como o autor do livro; mas justamente nesse instante ela me olhou, e foi tal a expressão de censura com que correspondeu a meu amistoso sorriso que me encolhi no banco. Os leitores (e as leitoras) são pessoas muito sensíveis. Não devem jamais ser perturbados.

Em busca do livro perdido

[11/11/1992]

Há uma dupla ironia nesta homenagem que a Brahma (a Número 1) está me prestando por meus trinta (Deus!) anos de literatura. Em primeiro lugar, se há pessoa que não pode ser associada com cerveja, esta pessoa sou eu: nunca me acostumei a esse precioso líquido e agora já é meio tarde para começar. De qualquer modo, sempre se pode dizer que a ideia partiu do Departamento do Guaraná, ou da Tônica.

Mas há um segundo aspecto, e este diz respeito ao livro que publiquei em 1962, e que marcaria portanto essas três décadas. Chama-se *Histórias de médico em formação* e tem, ele também, uma história.

No início dos anos 60, eu estava terminando a Faculdade de Medicina. Já escrevia havia muito tempo; na realidade, desde a infância. Mas agora eu tinha uma nova temática. Estagiário no serviço de urgência da previdência social, eu trabalhava nas vilas da Grande Porto Alegre, em contato com a espantosa miséria que já então caracterizava aquela população. Além disso, era uma época de efervescência política; o episódio da Legalidade desencadeou uma ampla campanha pelas chamadas reformas de base. Tudo isso entrava nas histórias que eu ia publicando no jornal do Centro Acadêmico (que neste ano completa oitenta anos) e que, por sugestão de um editor amigo, eu reuni num pequeno volume.

Na vida de todo escritor há um instante mágico que não se repete: é o momento em que ele vê, pela primeira vez, o seu nome impresso na capa de um livro. *Histórias de médico em formação* estava sendo impresso numa pequena gráfica, um trabalho que era torturantemente lento. Todos os dias eu ia lá; os operários já não me aguentavam mais, e eu devo ter feito muito para aumentar a revolta da classe trabalhadora. Mas finalmente o dono, um velho e resignado comuna, anunciou: amanhã o teu livro estará pronto.

Naquela noite não dormi. Mal clareou o dia, peguei o carro do meu pai e fui até lá. Era um velho automóvel, um banheirão cheio de manhas. Como era de esperar, estragou no meio do caminho. Abandonei-o em plena Farrapos e segui correndo — a uma velocidade de Olimpíadas — até a gráfica. E lá estava, de fato, o *Histórias de médico em formação.*

O problema é o dia seguinte, não é? O problema é sempre o dia seguinte. Impresso, o livro já não parecia meu. E o olhar com que eu percorria suas páginas era um olhar crítico. Comecei a descobrir defeitos, um atrás do outro. Defeitos que aliás o público não percebia; a venda era boa. Além disso, a minha mãe (todo escritor deveria ter uma mãe judia) obrigava suas amigas a adquiri-lo.

Não era consolo. O meu julgamento estava feito. O livro não merecia uma segunda edição; era uma obra juvenil e como tal deveria permanecer. Levei muitos anos até publicar de novo, e aí o fiz com mais segurança e certeza. Em matéria de literatura, como em qualquer outra área, o tempo ensina. E eu aprendi uma lição de humildade e de equilíbrio. Equilíbrio que permite ver com um olhar irônico, mas saudoso, o jovem que corria pela Farrapos em busca do seu primeiro livro.

Sobre centauros

[14/09/1997]

A gauchidade tem muitas e estranhas portas, ou porteiras, como quiserem. Alguns são gaúchos porque nasceram no pampa; outros, os emigrantes, vieram de locais distantes, mas acabam incorporando a condição de gaúcho — graças ao chimarrão, ao churrasco, e sobretudo graças ao imaginário que acabamos todos partilhando.

Aí entra o centauro. Todo mundo sabe que o gaúcho é conhecido como o centauro dos pampas. Trata-se de uma alusão à mitologia grega originária, diz-nos Antonio Hohlfeldt, do Partenon Literário, aquele grupo de intelectuais rio-grandenses que sonhava construir, no bairro que hoje leva esta grega denominação, uma réplica do templo de Atenas, para lá cultuar as letras. O Partenon jamais saiu do projeto, mas o centauro ficou, galopando na mente dos gaúchos, e unindo de alguma forma a Grécia antiga ao pampa.

Eu sempre quis escrever sobre o centauro. Comecei com uma crônica, que foi publicada aqui em *Zero Hora* em mui priscas eras. Depois escrevi um conto que o Marcos Faerman, o

Marcão, perdeu (segundo o Luis Fernando Verissimo, o Marcão, quando interrompia a leitura de um livro, marcava a página com a mortadela do sanduíche que estava comendo. Não vejo nada de mais: unia a nutrição espiritual à material). Do conto, passei para uma pequena novela e, quando dei por mim, estava datilografando furiosamente as páginas de um romance. O Beto Scliar, que na época tinha uns dois anos, ficava por conta com o pai, que ao invés de brincar com o filho, brincava com a máquina de escrever. Um dia subiu na mesa, sentou em cima da máquina e garantiu: "Agora tu não escreves mais". Se ele fizesse a mesma coisa hoje, com dezoito anos, eu teria dificuldade de removê-lo, mas à época era mais fácil.

Difícil era resolver certos detalhes da trama. O meu centauro não era apenas grego e gaúcho; era judaico também. Como tal, tinha de ser submetido à circuncisão. O que levantava uma dúvida: é possível aplicar a lei de Moisés a equinos? Têm eles condições, não espirituais, mas anatômicas, para tal? Na dúvida, consultei um amigo veterinário. Ele me olhou como se eu estivesse prestes a ser internado, mas acabou confessando que não sabia me responder e que ia fazer uma pesquisa a respeito. Dias depois voltou com a alvissareira resposta: sim, cavalos têm prepúcio e, devidamente contidos, podem ser circuncidados. Quem ficou em dúvida fui eu: estaria ele dizendo a verdade ou recorrendo a uma mentira piedosa? (Piedosa para o autor, não para o centauro, bem entendido.) Acabei decidindo que um ficcionista pode tomar liberdades com prepúcios alheios, mesmo os de cavalos. A circuncisão foi feita a páginas tantas, com muito êxito, e, pretende este autor, se constitui num marco para a construção do sincretismo gaúcho.

Trabalhar com o centauro teve uma vantagem adicional. De um escritor de ficção sempre se suspeita que seu relato possa ter algo de autobiográfico. Posso garantir, com muitos testemunhos, que jamais fui um centauro. Talvez tenha sido cavalar, sobretudo na adolescência, quando meus pais muitas vezes tiveram de aguentar o meu mau humor, mas não passei disto. O centauro continua sendo uma abstração. Mesmo quando, saindo do Partenon, corre livre e orgulhoso pelo pampa do nosso Rio Grande.

Uma discreta sinfonia para duas gerações

[29/12/1998]

Trinta anos separam *O complexo de Portnoy*, novela que projetou internacionalmente Philip Roth, desta *Pastoral americana* que a Companhia das Letras agora está lançando, em excelente tradução de Rubens Figueiredo. Nestes trinta anos a carreira do escritor norte-americano foi uma sucessão praticamente constante de triunfos, mais evidentes se comparados aos destinos literários de seu grupo de escritores. Há trinta anos, Philip Roth era um dos quatro escritores judeus americanos conhecidos como o "grupo de Nova York" (ainda que nem todos fossem daquela cidade nem morassem lá). Dos quatro, Bernard Malumud morreu, Norman Mailer abandonou a temática judaica (e não consegue acertar a mão) e o Nobel Saul Bellow escreve cada vez menos. Já Roth não cessa de acumular prêmios importantes. Só na última década foram três: o do National Book Critics para *Patrimônio*, o do Pen Club para *Operação Shylock* e o National Book Award para *O teatro de Sabbath*.

Isso não quer dizer que Roth não tenha mudado. Mudou, e sua *Pastoral* é uma prova disso. Celebração da neurose (o livro todo é uma longa sessão de psicanálise), *Portnoy* escandalizou muitos leitores, sobretudo da comunidade judaica norte-americana. Falava em sexo, falava em masturbação, arrasava a mãe judia. Com Leon Uris, autor de *Exodus*, então um best-seller, Roth teve um feroz bate-boca.

— Não é literatura — disse Uris. — É catarse.

Apesar disso, Philip Roth manteve-se fiel à temática judaica. À sua maneira, naturalmente. *Patrimônio fala*, com uma franqueza quase brutal, de sua relação com o pai. *Operação Shylock* é uma complicada intriga envolvendo um sósia do próprio Roth em Israel. E *O teatro de Sabbath* inclui até sugestões de necrofilia.

Pastoral é outra coisa. O que temos aqui, parafraseando Rembrandt, é o retrato do artista chegando à velhice (Roth completou 65 este ano) — e também à maturidade literária, aquela fase em que o escritor acerta as contas com os próprios conflitos no texto. Comparem os títulos das duas novelas. *O complexo de Portnoy* fala da neurose de um personagem, alter ego do autor. Já *Pastoral* sugere uma narrativa idílica como a Sexta Sinfonia, de Beethoven. Mais: não é a pastoral de um personagem. Roth concebe-a como uma pastoral americana. Pastoral, mas não a "grande novela americana" de que falam, obsessivamente, críticos e escritores dos Estados Unidos. Roth não pretende tanto mas é óbvio que aspira à transcendência.

Para isso, foi buscar uma época transcendente: os anos 60, que são os anos de Portnoy — e os anos da rebeldia, do choque de gerações. Da galeria de personagens que desfilam pelas páginas do livro, dois polarizam esse choque. Um é o Sueco. Sueco? Não exatamente. É, isso sim, um judeu — Seymour Levov — com jeito de Sueco.

O apelido é significativo. Não temos aqui o judeu caricatural, baixinho, frágil, nariz adunco, olhar angustiado. Levov é um atleta, joga beisebol, futebol americano e basquete. É um empresário bem-sucedido, o herdeiro da indústria de luvas de seu pai (há longas descrições sobre a fabricação de luvas). Está casado, sem problemas, com uma católica, bela mulher, que foi Miss New Jersey 1949. Tem vários amigos, todos bem de vida. Ou seja: Roth já não está falando de imigrantes, mas de judeus em pleno processo de incorporação à sociedade americana. Um processo que, Roth deixa bem claro, não é tranquilo. Ele fala de um "conflito judaico". No caso do Sueco, é conflito atenuado. Há, sim, a contradição entre o desejo de ser igual e, ao mesmo tempo, ser diferente. Pode até haver ambivalência, mas não há mais riscos para a sobrevivência: ser diferente já não leva ao forno crematório. O que representa uma crítica mudança na vida judaica no Ocidente. Os Levovs, pai e filho, são legítimos cidadãos americanos — de Newark, mais precisamente. E, como americano legítimo, o Sueco vai enfrentar o problema que os pais americanos (e os pais franceses, e os pais brasileiros) enfrentaram nos anos 60.

Na novela (narrada pelo clássico alter ego de Roth, o escritor Nathan Zuckerman), esse problema é Meredith, Merry. É a filha difícil, a filha rebelde. Tem dificuldade para falar — gagueja — e uma dificuldade muito maior para encontrar o seu caminho. Envereda por sendas perigosas. Aí está ela, aos dezoito anos, terrorista, colocando bombas num prédio público para protestar contra Lyndon Johnson (um protesto que custa a vida de quatro pessoas). E aí está ela integrando uma daquelas seitas orientais que exigem renúncia e autopunição. O Sueco tenta desesperadamente compreender a filha, e os diálogos entre os dois ocupam boa parte do livro — no qual, aliás, não faltam discussões e digressões sobre vários temas: este é um legítimo romance de ideias. Diferentemente de *Portnoy* e de *Sabbath*, inexistem aqui as exuberantes, e às vezes grotescas, cenas de sexo: os hormônios já não fluem como antes. Numa grande cena, uma suposta amiga de Merry, Rita Cohen, tenta — sem resultado — seduzir o protagonista (mas consegue arrancar-lhe 10 mil dólares, que, segundo ela, são para Merry).

Mas é uma pastoral, não é? É: o livro seduz exatamente por isso, pela quieta, quase resignada e quase bem-humorada tranquilidade da narrativa. É o balanço de uma vida e é o balanço de uma época, mas é um sereno balanço. Nisso Roth está, de novo, sendo fiel a uma tradição. Os escritores judeus americanos cumpriram o papel de sensíveis observadores da realidade do país. E o fizeram sobretudo por sua condição de filhos de imigrantes. Os pais estavam muito ocupados em sobreviver, e de qualquer modo não dominavam bem o idioma — não podiam, portanto, ser escritores (Bashevis Singer e Abraham Cahan, imigrantes, foram uma exceção, ao criar um universo ficcional em iídiche). Mas a segunda geração, que tinha uma vida mais tranquila, que foi à universidade e que se expressava bem — até requintadamente —, essa geração podia escrever, sobretudo porque tinha motivo para tal: o conflito de identidade. Os escritores da segunda geração na América criaram uma verdadeira escola literária: como disse o crítico Irving Howe, eles foram os novos regionalistas, substituindo o regionalismo literário geográfico por um regionalismo literário étnico, cultural. Mas Irving Howe também observa que essa é uma situação inevitavelmente transitória. Que futuro tem a literatura judaica nos Estados Unidos? — é a pergunta que ele coloca.

Para essa pergunta, Roth não tem resposta. E nem precisa. Quem escreve como ele não tem por que se inquietar com o futuro. O passado já é fonte mais que suficiente de inspiração.

Os livros de cabeceira

[14/11/1999]

Para onde vão os livros adquiridos na Feira do Livro? Qualquer que seja o seu destino final, há um lugar pelo qual passam obrigatoriamente: a mesa de cabeceira.

Esses tempos fiquei olhando a pilha de livros em minha mesa de cabeceira. Ela tinha uma altura capaz de humilhar qualquer Himalaia, mas não a mesma firmeza; na verdade, vacilava perigosamente, como muitas vezes tem acontecido com o escritor dono dos livros, e ameaçava cair de um momento para outro, talvez até sobre a atormentada cabeça do ocupante da cama. O que seria, convenhamos, morte gloriosa. Perecer sob o peso da cultura é tudo que um adicto ao texto pode pedir a Jeová.

A mesa de cabeceira é um móvel curioso. Não serve para guardar muita coisa: tem uma gavetinha, onde estão objetos de urgência — certos medicamentos, lenços de papel, preservativos, às vezes, uma lanterna elétrica, um revólver no caso daqueles que pretendem defender com mais furor suas propriedades (mas esses, em geral, não fazem parte do grupo de leitores). Nas mesas antigas havia também uma portinhola, e atrás dela aquele prosaico e útil objeto, o urinol. Afora esses poucos guardados, a mesa servia e serve, sobretudo, como suporte: da lâmpada de cabeceira, do rádio, do controle remoto, do desagradável despertador. Ah, sim, e dos livros. Que livros a gente coloca ali? Livros especiais, sem dúvida. Livros aos quais voltamos frequentemente. Livros para ser relidos, não lidos. A leitura de cama é mais uma leitura prazerosa do que séria. Ela não tem um objetivo; não queremos terminar o livro. Queremos lê-lo até que o sono nos vença. Queremos adormecer com esse livro caído sobre o nosso peito. O que lembra a história daquele escritor que, passando as férias num *resort* qualquer, encontrava todos os dias um cidadão adormecido numa cadeira preguiçosa e segurando um livro dele, escritor. Uma manhã, o autor não aguentou: acordou o sonolento leitor e lhe perguntou quanto queria para dormir com uma obra de um escritor rival.

Mas nós queremos, sim, adormecer segurando o livro de cabeceira. Porque isso nos remete à infância, àquelas noites em que não queríamos ir para a cama e nosso pai ou nossa mãe dizia: “Deita que eu te leio uma história”.

Dessa história nunca escutávamos o final. O que queríamos era deixar o mundo dos adultos e penetrar no mundo misterioso, fascinante mas às vezes ameaçador, que é o mundo dos sonhos, o mundo onde criaríamos a nossa própria e estranha ficção.

Há uma continuidade entre sonho e literatura. São países limítrofes. E o posto da fronteira é representado, justamente, pela mesa de cabeceira. Dali os livros, amáveis guardiões, nos vigiam. Se quisermos, eles até nos acompanham nos primeiros passos de nossa jornada em território estranho. Eles são como nossos pais, e por isso sempre voltamos a eles. O tamanho da pilha de volumes em nossa mesa de cabeceira é apenas uma fração do tamanho de nossa emoção e de nosso encanto.

Um mestre da história curta

[16/09/2000]

O golpe de 64 ensinou à minha geração o caminho do Uruguai e da Argentina, à época ainda gozando de liberdade, que depois seria também sufocada por ditaduras militares. Era uma longa viagem de ônibus, longa e cansativa. Mas compensadora: por causa de filmes como *A laranja mecânica*, burramente proibido no Brasil, por causa de peças de teatro, mas, sobretudo, por causa dos livros. Percorrendo as notáveis livrarias de Buenos Aires e Montevidéu, descobri, ao lado da literatura política que era o foco de meu interesse, dois escritores que de imediato me surpreenderam e encantaram: Julio Cortázar e Jorge Luis Borges.

Dois nomes paradigmáticos, constantemente evocados. Agora mesmo a Civilização Brasileira — também um símbolo de resistência — acaba de lançar, em primorosa tradução de Gloria Rodriguez, mais uma edição de *Octaedro*, uma coletânea de contos que apareceu pela primeira vez — curiosa coincidência — em 1964. São oito histórias típicas do grande escritor argentino, falecido em 1984. O inquieto Cortázar fez experiências em muitos gêneros — romance, reportagem, ensaio — e tais experiências incluíram até certa pirotecnia formal (como é o caso das composições gráficas de *A volta ao dia em 80 mundos*), mas não resta dúvida que se realizou com mais plenitude no conto, gênero sobre o qual, aliás, escreveu excelentes reflexões. Dois conceitos, que ele não criou, mas que valorizou, são essenciais para a compreensão de seu trabalho. Um é o da "explosão"; o conto tem de surpreender, de chocar até o leitor, sobretudo em seu final, algo que Maupassant e Poe já haviam destacado. O outro é o do "estranhamento", a capacidade de descobrir o insólito, o inusitado por trás do habitual, do banal. Isso também não é novo; já estava em E. T. Hoffmann e, é claro, em Kafka. Mas, em *Octaedro*, Cortázar revela-se mais próximo de García Márquez do que desses autores. O realismo fantástico latino-americano conseguiu neutralizar o pesado gótico literário com o humor, a sátira (quase sempre política), a transbordante emoção peculiar aos latinos, aos argentinos sobretudo. Cortázar, que viveu muitos anos exilado em Paris, trabalhando para a Unesco, é, no entanto, um autêntico portenho, o que se evidencia sobretudo na paixão que é uma tônica em seus personagens. Não chega a transformar a vida em um tango, mas é quase isso. Cortázar cultiva a palavra até o nível do barroco, mas a vida, o cotidiano, estão sempre presentes em seu texto. Aliás, o único conto frustrado neste volume, "Os passos no rastro", peca exatamente por trocar a vida pela literatura. O que temos ali é a história de um escritor que escreve sobre outro escritor, que o glorifica mas depois descobre que é um safado — enfim, as habituais fofocas que fazem parte da chamada vida literária. Cortázar sabe disso; na epígrafe rotula "Os passos no rastro" de "crônica um pouco tediosa", ao estilo de um "Henry James que tivesse tomado chimarrão em qualquer pátio portenho". Só que Henry James e chimarrão são, e Cortázar sabe disso, absolutamente incompatíveis.

Paris e o metrô aparecem muito nesse livro e dão origem a

uma história curiosa. "Manuscrito achado num bolso", sobre encontros entre um homem e uma mulher no metrô. Início de um romance? Não: o homem propõe à mulher que se separem, para ver se o destino um dia os reunirá de novo em um vagão. Em "As fases de Severo", Cortázar fala de um doente que passa por perturbadoras, surrealistas fases: a fase do suor, a fase das traças (em que fica coberto por esses insetos), a fase dos números, na qual atribui misteriosos números às pessoas que o rodeiam. Mas essa cabala é devidamente neutralizada quando, no final, diz o narrador que o melhor era "fumar e tomar chimarrão, essas coisas que ajudam".

Nos anos da repressão, Cortázar era preferido a Borges. Afinal, tratava-se de um escritor de esquerda, corajoso, comprometido profundamente com o ser humano, ao passo que Borges parecia um aristocrata das letras, distanciado o suficiente da realidade para apoiar Pinochet — um gesto que provavelmente lhe custou o Nobel. Hoje, porém, não resta dúvida de que Borges está muito mais em evidência do que Cortázar. O que é compreensível: a sua literatura elegante e rica em imaginação, porém cerebral, desprovida da efusão apaixonada de Cortázar, apela muito mais à época em que vivemos, uma época de "pós": pós-industrialismo, pós-comunismo, pós-modernismo. Cortázar acreditava: no amor, na amizade, no ideal socialista. Borges é, antes de tudo, um cético — um cético ao qual não falta sabedoria, mas um cético mesmo assim. Em matéria de jogo ficcional, ele é indiscutivelmente superior a Cortázar. E jogo ficcional é algo inteiramente compatível com uma época dominada pelo jogo do mercado.

O que a literatura tem a dizer sobre a guerra

[22/02/2001]

O conflito entre seres humanos — inclusive e principalmente o conflito sangrento — sempre fascinou escritores, anônimos ou famosos. Na Bíblia, este conflito aparece precocemente. Caim e Abel, o primeiro criminoso e a primeira vítima, são personagens paradigmáticos: representam a antiga rivalidade entre lavradores e pastores, que não raro degenerava em luta feroz. A violência de Caim não é, pois, exceção, mas sim o combustível do qual se nutriria a guerra — guerra esta frequentemente celebrada. A *Ilíada*, de Homero, datando aproximadamente do século IX a.C. descreve a guerra de Troia, a captura da lendária cidade pelos gregos desejosos de vingar o rapto de Helena. Trata-se, pois, de uma celebração, em que predomina a figura do herói. Esse modelo duraria muitos séculos, em boa parte porque a arte dependia dos mecenas e dos poderosos, a quem agradava (e convinha) tal celebração. A modernidade, contudo, alterará essa visão. Em *Dom Quixote*, de Cervantes, teremos o anti-herói, o patético Cavaleiro da Triste Figura. Os gigantes contra os quais investe não são inimigos reais, são produtos de uma mente enferma. O heroísmo estava assim sendo posto em xeque. Esse processo se mostraria irreversível e chegaria a seu ápice no começo do século XX. A Primeira Guerra Mundial teve um efeito devastador sobre a cultura ocidental. As velhas e pomposas imagens de uma guerra cavalheiresca, conduzida por aristocratas, foi engolfada por uma maré de lama e sangue. Nada de heróis enfrentando-se na liça; tratava-se agora da suja luta de trincheiras, os ataques com gás tóxico (sim, Saddam Hussein teve precursores), os bombardeios de artilharia: uma guerra industrial, em que a ciência foi colocada a serviço da destruição. A Primeira Grande Guerra durou quatro anos e custou mais de 8 milhões de vidas: soldados da Europa, dos Estados Unidos, das colônias europeias na Ásia e da África. Viu o colapso de impérios — o germânico, o russo, o austro-húngaro. Catalisou mudanças revolucionárias, o exemplo mais evidente sendo a Revolução Russa de 1917. Os escritores europeus e norte-americanos tinham muito a dizer sobre os horrores dessa guerra, mesmo porque vários nela participaram — Erich Maria Remarque, Henri Barbusse, Ernest Hemingway, John dos Passos, Siegfried Sasson, Isaac Rosenberg, Hector Munro (Saki), Robert Graves, Herbert Read, Ernst Toller, Guillaume Apollinaire, André Breton, Franz Werfel, Blaise Cendrars, Jean Cocteau, Paul Éluard, E. E. Cummings, Archibald MacLeish, Edmund Wilson, Eugenio Montale, Giuseppe Ungaretti, Gottfried Benn, Iliá Ehrenburg... Muitos não retornaram: a lista de escritores e poetas mortos nas trincheiras chega a 750. Esses autores não começavam do zero. Eram herdeiros de uma grande tradição. O século XIX foi o período áureo da literatura de ficção, o período em que um Tolstói, um Dostoiévski, um Zola exploraram os meandros da mente humana e os subterrâneos da sociedade. O tema principal da literatura de guerra era o absurdo do conflito, nascido de um ato tresloucado — o atentado contra o arquiduque Ferdinando — e que logo se transformou em loucura generalizada. Não é de admirar que os escritores tenham sido os porta-vozes de um pacifismo que se impunha como reação à insensatez. Três romances exemplificam esse libelo contra a guerra: *Nada de novo no front*, do alemão Erich Maria Remarque, depois transformado num belo filme; *Os Thibault*, de Roger Martin du Gard, gigantesco painel sobre o conflito; *O valente soldado Chveik*, a feroz sátira do tcheco Jaroslav Hašek. Na Segunda Guerra Mundial, o pacifismo ficou relegado a um segundo plano, diante da ameaça monstruosa representada pela máquina de extermínio nazista. Mas já na guerra do Vietnã, o absurdo tornou-se evidente e mais evidente fica ainda no cenário pré-bélico atual, reforçado inclusive por um alucinado terrorismo que, potencializado pela moderna tecnologia, tornou-se um componente adicional, e muito perturbador, no quadro da disputa pela hegemonia mundial. A resposta a essa situação não será dada, no entanto, por romances ou contos; é a mídia que agora funciona como caixa de ressonância das aspirações pacifistas. A literatura pode ser mais ampla, mais profunda, mas é menos urgente. E urgência na paz é a palavra de ordem na conjuntura atual. Uma conjuntura que se caracteriza pela perplexidade. Como disse o poeta russo Aleksandr Blok, que lutou no conflito de 1914-18: "Que mensagem, anos de guerra, vocês nos trazem?/ Mensagem de loucura — ou de esperança?". A luta pela paz aposta nessa última alternativa. E tem pressa.

Um dia, um livro

[15/06/2003]

Dia 16 de junho é o Bloomsday, o Dia de Bloom. Quem foi Bloom? Um santo, como santo Antônio ou são Jorge? Um mártir, como Tiradentes? Um herói, como Zumbi dos Palmares? Não. Leopold Bloom nunca existiu. Ele é o personagem literário do romance *Ulysses*, de James Joyce, cuja ação se passa em uma única cidade, Dublin, em um único dia, 16 de junho de 1904. Desde então os admiradores de Joyce, que hoje são legião, reúnem-se neste dia para uma verdadeira maratona de homenagens ao grande escritor, uma tradição que, aqui no Brasil, foi lançada pelo poeta e crítico paulista Haroldo de Campos.

O que torna *Ulysses* uma obra cult na literatura? A história, aparentemente, nada tem de sensacional, não é uma intriga mirabolante. Baseada, como o próprio nome do livro o indica, na *Odisseia* de Homero, gira basicamente em torno a três personagens: Stephen Dedalus, que está procurando o pai, Leopold Bloom, coletor de anúncios, e sua infiel esposa, Molly Bloom. Ao longo do dia, vários incidentes se sucedem, e, para narrá-los, Joyce usa uma linguagem completamente inovadora. Ele não se restringe ao inglês habitual, mas inventa constantemente palavras, o que se constitui num fascinante desafio para o leitor — Joyce disse que uma pessoa poderia dedicar a vida a ler e interpretar o seu livro, o que pode parecer exagero de autor orgulhoso, mas não o é. Traduzi-lo é uma tarefa gigantesca, como tem dito o nosso mestre Donaldo Schüler, que trabalha uma outra obra de Joyce, o *Finnegans Wake*. É na verdade um trabalho de recriação. *Ulysses* foi traduzido por um outro mestre do idioma, Antonio Houaiss (isto mesmo, aquele do dicionário *Houaiss*), que teve, também, de recriar numerosos vocábulos. Tão difícil era o inglês de *Ulysses*, que os próprios tipógrafos se atrapalhavam; cerca de 1200 erros foram achados quando se comparou a obra impressa com o original. Muitos desses erros certamente foram objeto de grande reflexão por parte dos especialistas, o que faz lembrar uma historinha ocorrida aqui em Porto Alegre, com um filme de Jean-Luc Godard. Projetada em pré-estreia, a obra parecia incompreensível, mas logo surgiram teorias sobre o "sentido do tempo" em Godard, teorias que geraram muita discussão. Mas então se descobriu: o operador do cinema simplesmente tinha trocado a ordem dos rolos.

Publicado em 1922, o mesmo ano da Semana de Arte Moderna no Brasil, *Ulysses* representou, como esta, um escândalo literário. Rotulado como indecente, foi até objeto de uma ação judicial, sem falar em críticas contundentes: Virginia Woolf lamentou a "obsessão cloacal" de Joyce. O tempo mostrou, contudo, que se tratava de uma autêntica obra-prima. Meus dois trechos favoritos são primeiro aquele em que Joyce narra um trajeto feito por Bloom e Dedalus sob a forma de perguntas e respostas, como num catecismo ("Que reminiscências fizeram temporariamente franzir sua testa? Reminiscências de coincidências, verdade mais estranha que ficção...") e depois, naturalmente, o monólogo final de Molly semiadormecida, páginas e páginas de fluxo de consciência, sem pontos, sem vírgulas, com um final comovedor ("puxei-o para mim de tal modo que pudesse sentir meus seios perfumados sim e seu coração batia loucamente e sim eu disse sim farei Sim").

Sim. Atrás do Bloomsday há uma história de amor. Foi em 16 de junho de 1904 que Joyce levou a passear por Dublin Nora Barnacle, camareira de um hotel, por quem estava apaixonado. Casaram, e ela o acompanhou por várias cidades europeias, onde Joyce lecionou inglês (inclusive para Italo Svevo, o autor do fantástico *A consciência de Zeno*). Como muitos escritores, Joyce tinha com sua cidade (e seu país) um caso de amor e ódio. Caso este que ele soube transformar numa obra-prima da modernidade literária.

Recado — falando em livro, em *Saturno nos trópicos*, menciono Robert Burton, autor de *A anatomia da melancolia*, que todo o mundo confunde com Richard Burton. Mas não se chateiem: no próprio livro este erro passou despercebido da revisão.

A Jornada é a vida

[26/08/2006]

Quando a gente conta, aqui no país ou no exterior, que numa cidade do interior do Rio Grande Sul (estado que, por sua vez, fica na ponta do gigantesco Brasil) realiza-se uma jornada de literatura que atrai milhares de participantes e que tem uma agenda grandiosa, as pessoas simplesmente não acreditam. Sei disso porque muitas vezes fui porta-voz de convite para que escritores, brasileiros ou estrangeiros, viessem à Jornada. E a reação inicial era sempre de incredulidade, quando não de franco ceticismo. Mas, incrédulos ou céticos, escritores, professores, jornalistas acabavam vindo. E aí ficavam maravilhados com o que viam.

Para dizer a verdade, essas espontâneas reações tinham, e têm, fundamento. Participante da Jornada desde as suas primeiras edições, fui acompanhando, assombrado, seu crescimento. A imagem que eu tinha de Passo Fundo, cidade onde passei parte de minha infância (o que, aliás, figura com destaque no meu currículo) era exatamente isto, uma cidade pequena, pacata. Mas atrás das pequenas e pacatas cidades gaúchas esconde-se, não raro, um dinamismo insuspeitado. E este foi exatamente o caso de Passo Fundo. Lá, o dínamo tem um nome: Tania Rösing. Com a energia dessa exuberante professora de literatura, podemos garantir que o Rio Grande do Sul e o Brasil jamais sofrerão qualquer tipo de apagão literário ou cultural. Tânia é uma Itaipu da cultura.

Tânia é um dos segredos do êxito da Jornada. Outro segredo: a informalidade somada à imaginação. Jornadas literárias são, não raro, eventos aborrecidos, em que um obscuro mestre lê um igualmente obscuro texto para uma reduzida e semiadormecida plateia. Em Passo Fundo, cada nova Jornada reserva mil surpresas, cada uma mais agradável do que a outra. É um grande exercício de convivência — e um grande foro de promoção cultural. A grande literatura jamais recusou o afeto e a emoção. Ingredientes que, em Passo Fundo, dão sabor à Jornada. Imperdível, essa Jornada. Como a própria vida.

Quem são os vendilhões do Templo?

[26/05/2006]

Pessoas me olham incrédulas quando digo que o título do livro *Os vendilhões do Templo* não foi inspirado pelos recentes acontecimentos políticos. Não poderia ter sido, pois comecei o texto há vários anos, mas entendo a incredulidade.

A expressão "vendilhões do Templo" incorporou-se à cultura do Ocidente. Ela nasce de um curto e intrigante episódio do Novo Testamento. Mateus, capítulo 21, versículos 12 e 13: "E entrou Jesus no Templo de Deus, e expulsou todos os que vendiam e compravam no Templo, e derribou as mesas dos cambistas e as cadeiras dos que vendiam pombos. E disse-lhes: está escrito — a minha casa é casa de oração, mas vós fizestes dela um covil de ladrões".

Que houvesse vendedores no Templo, a gente até pode entender. Os pombos que vendiam eram para o sacrifício; as moedas que trocavam eram as dos peregrinos procedentes de lugares distantes. E o lugar que ocupavam, um pátio externo, não era considerado sagrado. Tratava-se, portanto, de um comércio aparentemente normal; por que, então, o "covil de ladrões"? Acerca disso só podemos fazer hipóteses. Hipóteses e ficções, aliás, são coisa que o texto bíblico frequentemente permite: há lacunas, que podem ser completadas com a imaginação, como mostrou Dan Brown (faturando alto) em *O Código Da Vinci*. No episódio mencionado, não é impossível que Cristo aludisse a um esquema de corrupção, envolvendo vendedores e quem sabe sacerdotes. De qualquer maneira, um estigma resultou daí, um estigma que acabou se estendendo à atividade do comércio em geral, sobretudo na Idade Média, quando a relação socioeconômica básica processava-se entre senhores feudais e servos. O comerciante era então visto com suspeição, porque não produzia, mas lucrava com a produção.

A modernidade reabilitou em parte o comércio, sobretudo o comércio internacional, mola propulsora da revolução mercantil iniciada no século XV. Com a globalização e o neoliberalismo, o mercantilismo acabou triunfando. A alternativa — a presença do Estado nesta área — parecia condenada ao fracasso, depois da queda do comunismo. Agora, porém, na América Latina, o Estado volta a ressurgir, com Hugo Chávez e Evo Morales. A indignação por este manifestada contra a Petrobras da Bolívia soou quase como coisa bíblica.

Diferente da agricultura, que põe o ser humano em direta relação com a terra, e diferente da indústria, que o coloca diante da máquina e da matéria-prima, o comércio é, essencialmente, a relação entre pessoas, com todas as ambiguidades e todas as suspeições que daí emergem. Por isso, a cena da expulsão dos vendilhões do Templo é paradigmática e vem se repetindo na história da humanidade. O que só confirma o poder simbólico do texto bíblico.

Literatura e carnaval

[20/02/2007]

No programa *Polêmica* da última quinta, Lauro Quadros perguntou aos ouvintes se brincavam no carnaval, se limitavam-se a assistir os desfiles pela tevê ou se não gostavam da folia. Dois terços dos que responderam estavam nesta última categoria. É difícil saber qual o perfil desses alérgicos a carnaval, mas certamente escritores se incluiriam entre eles. Quando ficcionistas escrevem sobre a festa de Momo, o resultado quase sempre é sombrio. Tomem, por exemplo, o conto "O barril de Amontillado", do escritor norte-americano Edgar Allan Poe (1809-49), conhecido por seu gosto pelo macabro. Pois esta história, que se passa durante o carnaval numa cidade italiana, já se revela sinistra desde o início: "Suportei como pude os mil desaforos de Fortunato (notem a ironia desse nome), mas quando ele apelou para o insulto, decidi vingar-me". E, para vingar-se, ele vai utilizar a fraqueza de Fortunato por bons vinhos. Encontrando-o na noite de carnaval, fantasiado e bêbado, atrai-o para sua casa com a promessa de oferecer-lhe um barril do então famoso vinho Amontillado. Fortunato vai. É acorrentado pelo algoz e emparedado vivo. "Que descanse em paz", diz no final o narrador-assassino que, pelo jeito, está com sua consciência absolutamente tranquila.

O segundo conto é de João do Rio, pseudônimo de João Paulo Emílio Coelho Barreto, escritor e jornalista carioca (1881-1921), membro da Academia Brasileira de Letras. Tem como título "O bebê de tarlatana rosa". Tarlatana ou bocaxim, seus incultos, era um tecido encorpado usado no começo do século XX (eu também não sabia, tive de olhar no dicionário). No início, diz o narrador: "Não há quem não saia no carnaval disposto ao excesso, disposto aos transportes da carne e às maiores extravagâncias. Tudo respira luxúria, e nesses quatro dias paranoicos, de pulos, de guinchos, de confianças ilimitadas, tudo é possível". Disposto a "acanalhar-se, enlamear-se bem", o protagonista vai a um baile, encontra uma moça fantasiada com uma roupa de bebê feita da dita tarlatana rosa: "Rostinho atrevido, dois olhos perversos e uma boca polpuda como que se ofertando". Começa o flerte, mas ele estranha o nariz postiço. Exige que a moça o tire, e como ela não quer, arranca-o, e dá "com dois buracos sangrentos atulhados de algodão, uma cabeça alucinante — uma caveira com carne". Horrorizado, ele foge, levando consigo o nariz da fantasiada, e não nos explicando por que, afinal, ela não tinha o nariz (um problema que hoje a cirurgia plástica resolveria).

O terceiro conto, "A morte da porta-estandarte", foi escrito pelo mineiro Aníbal Machado. Tema: um crime passional. O protagonista ordena à sua amada Rosinha que não desfile no carnaval, ela não obedece e é morta pelo enciumado amante. Convenhamos: diante dos relatos dos escritores, a briga da Beth Carvalho com a Mangueira é fichinha.

Um estreante chamado Erico

[06/10/2007]

A Companhia das Letras, que vai reeditar toda a obra de Erico Verissimo, acaba de lançar o primeiro volume da coleção: o livro de contos *Fantoches* (1932), obra de estreia do escritor. Neste caso não se trata só de uma reedição: ali estão as primeiras histórias de um jovem contista, mas também os contos de sua fase mais madura e, muito importante, os comentários manuscritos que Erico, aos 66 anos, fez sobre *Fantoches*, e que ilustrou com pitorescos desenhos: Erico, como Luis Fernando, pensava desenhando.

Nascido em Cruz Alta, em 1905, Erico era descendente de estancieiros tradicionais. Mas o pai, Sebastião Verissimo da Fonseca, acabou com a fortuna da família. Como se isso não bastasse, os pais se separaram em 1922. Junto com a mãe, Erico foi morar na casa da avó materna. Não pôde completar os estudos que tinham se iniciado em Cruz Alta e continuado em Porto Alegre, e que deveriam culminar com a entrada na Faculdade de Medicina. Teve de ajudar no sustento da família, trabalhando como balconista no armazém do tio, o primeiro de vários empregos que teve (foi também sócio de uma farmácia, que faliu).

Enquanto isso, lia e escrevia. Lia muito. Autores brasileiros: Coelho Neto, Aluísio de Azevedo, Joaquim Manuel de Macedo, Euclides da Cunha, Lobato, Oswald de Andrade, Mário de Andrade. E também Walter Scott, Tolstói, Eça de Queirós, Émile Zola, Dostoiévski, Oscar Wilde, Bernard Shaw, Anatole France, Nietzsche, Omar Khayyam, Ibsen, Verhaeren e Rabindranath Tagore. Também traduzia, sobretudo do inglês e do francês; mais tarde, muitas obras de autores estrangeiros seriam publicadas pela Globo com tradução dele.

Tinha tudo para se tornar um escritor, a começar pela poderosa vocação de narrador. Modestamente, Erico intitulava-se um contador de histórias. Mas tinha a mágica capacidade de transformar narrativa em arte. Para essa vocação, contribuíram a vida atribulada, as copiosas leituras e o cenário. Literatura é parte importante na tradição cultural do Rio Grande do Sul, uma tradição que inclui os "causos" gaúchos e a qual Erico, morando em Cruz Alta, não poderia deixar de vivenciar.

Mais tarde veio para a capital. A Porto Alegre dos anos 30 era pequena, provinciana. A vida literária girava em torno às rodas de chope; Erico frequentava o Bar Antonello, na rua da Praia, artéria central da cidade. Ali estavam as lojas elegantes, ali se fazia o *footing* e ali estava também a Livraria do Globo e a Editora Globo, na qual Erico começou a trabalhar em 1930 e que publicou toda sua obra. Sua roda de chope incluía Augusto Meyer, Theodomiro Tostes, Athos Damasceno Ferreira. Erico se classificava como "um conviva chatíssimo: não falava, não fumava... e não bebia".

Erico já tinha publicado alguns contos em revistas, mas queria mais. Em suas palavras: "É natural que, aos dezoito ou vinte anos, todo o homem tenha o desejo de ver seu nome ligado a algum empreendimento, a algum feito. No meu caso esse desejo era o de ver o meu nome na capa de um livro". Publicado, *Fantoches* vendeu cerca de quatrocentos exemplares; outros 1100 foram destruídos num incêndio no depósito da Globo ("Casual, juro!", diz o autor), com o que a edição ao menos não resultou em prejuízo.

Fantoches é de "pouca ou nenhuma importância literária" segundo Erico, um julgamento que se traduz nas antológicas notas nas margens das páginas. Sobre o conto "Como um raio de sol", diz: "Todo este drama é possível. Porém a maneira como foi desenvolvida me parece falsa". Às vezes, é irônico. Dirigindo-se a um personagem, adverte: "João, você já disse isto. Não é preciso repetir". A propósito de um personagem que brada "Homem não chora", comenta: "Gaúcho macho". O conto "Chico" o faz suspirar: "Se um dia houver um concurso de lugares-comuns, acho que vou me inscrever nele com este conto". Critica também a ausência de cenários definidos do ponto de vista de tempo e de lugar. A apresentação da primeira história diz-nos que a ação se passa numa praça deserta. "Onde?", pergunta Erico, "em que cidade, em que país?"

Certamente existe aí um excesso de autocrítica. Claro, *Fantoches* é o livro de um principiante, com todos os defeitos que pode ter o livro de um principiante: há uma pretensão à universalidade, a abordar, não raro de forma pomposa e grandiloquente ("Sangue do meu sangue!", brada um personagem), os grandes temas da condição humana, a paixão, o ódio, a submissão a um Destino (sempre com D maiúsculo) implacável. Mas Erico estava no caminho certo, como se constata na segunda parte do livro, "Outros contos". O que temos aqui é o escritor em sua maturidade. Assim, em "Os devaneios do general", antecipa *O tempo e o vento* contando a história de um caudilho dos pampas, o general Chicuta, em seu amargo ocaso: está numa cadeira de rodas, o empregado debocha dele (no fundo vingando o pai, que o general anos antes mandara matar), o genro é um bem-comportado bacharel, e seu passado guerreiro sumiu. Então o bisneto pequeno aparece, trazendo na mão uma lagartixa que acabou de degolar, e isso faz renascer a esperança do ancião: "Seu patife! Seu canalha! Degolou a lagartixa? Muito bem. Inimigo não se poupa".

Depois de *Fantoches* e *Clarissa*, a carreira de Erico decola, com reconhecimento do público e da crítica. Conhece escritores de renome nacional e internacional, como Jorge Amado, Carlos Drummond de Andrade, José Lins do Rego, viaja para o exterior. Seu público cresce, sua produção literária se diversifica com obras infantis, ensaios e livros de viagem. Em 1947, começa a obra que o consagraria, o épico gaúcho *O tempo e o vento*. Um projeto que, previsto inicialmente para ser um livro único, tornou-se uma trilogia com mais de 2000 páginas, consumindo-lhe quinze anos de trabalho. Ganhou o Prêmio Machado de Assis, da Academia Brasileira de Letras, o Prêmio Jabuti, da Câmara Brasileira do Livro. Faleceu a 28 de novembro de 1975. Carlos Drummond de Andrade escreveu então um poema em que diz: "Falta uma tristeza de menino bom/ caminhando entre adultos/ na esperança da justiça". O "menino bom" de que fala o poeta, e que escreveu *Fantoches*, permaneceu vivo no grande escritor que foi Erico Verissimo.

Livros e intolerância

[30/10/2007]

Hoje à noite, na Reitoria da UFRGS, estarei dividindo o palco desta fantástica maratona cultural que é o Fronteiras do Pensamento com a escritora norueguesa Asne Seierstad. Estou grafando o nome dela (que, informaram-me, pronunciasse "Osne") de forma errada: falta um sinal gráfico, uma espécie de bolinha, em cima do A, e enquanto eu não tiver um teclado norueguês o erro será inevitável. Mas é um alívio para quem, como nós, tem de lidar com tantos acentos. Já imaginaram se, além da crase e do circunflexo, tivéssemos de colocar também bolinhas sobre as letras? Passaríamos o resto de nossas vidas às voltas com essa tarefa.

Asne Seierstad é autora de um dos livros mais comentados na atualidade, *O livreiro de Cabul* (no Brasil, lançado pela editora Record), resultado de um período de três meses em que foi hóspede de uma família afegã, cujo chefe (e era chefe mesmo), o livreiro Sultan Khan, tinha duas esposas e cinco filhos. Baseada nesta convivência, Asne escreveu uma história em que imaginação se mistura com realidade. Transformar pessoas reais em personagens de ficção não é um empreendimento isento de problemas, como o sabem os veteranos escritores, e no caso não foi diferente: o livreiro ficou indignado, processou a autora e acabou, ele próprio, escrevendo sua versão sobre o acontecido. De qualquer maneira, *O livreiro de Cabul* é um best-seller, em primeiro lugar porque tem como cenário uma parte "interessante" do mundo. Tudo que diz respeito a Afeganistão, Iraque, Irã atrai a atenção: são áreas de conflito, e conflito não raro sangrento. Os chineses têm um ditado que diz algo como "Deus nos livre de viver em épocas interessantes", e isto porque épocas interessantes (ou lugares interessantes) em geral se traduzem em milhares ou milhões de vítimas.

Ficção e subjetividade à parte, o livro provavelmente expressa o olhar ocidental sobre sociedades tradicionais e fundamentalistas. E o resultado, como sabemos, é espanto, seguido de desgosto e de revolta, sobretudo por causa da condição da mulher nessa cultura, uma condição que tem na "burca", aquele vestido que é uma verdadeira barraca fechada, o seu símbolo maior. A liberação da mulher não é uma questão cultural, é uma questão de direitos humanos. No Brasil também temos uma história de discriminação, de opressão e de extermínio, coisa da qual índios e negros podem dar testemunho. Mas avançamos no caminho da democracia; temos o direito, e o dever, de exigir que outras sociedades façam o mesmo. O livreiro de Cabul retratado no livro de Asne Seierstad é, sob muitos aspectos, uma figura excepcional: em parte por causa de sua profissão, mas certamente também por uma opção pessoal, fez o que pôde, na vigência de regimes repressivos, para preservar e difundir a cultura dos livros. Cultura e informação são fundamentais para as pessoas. Como fundamental é a igualdade entre homens e mulheres.

Ler faz bem à saúde

[06/11/2007]

Uma vez vi, no Canadá, um filme sobre a história daquele país. Uma cena não mais esqueci. Mostrava os colonizadores franceses desembarcando na costa canadense. A um deles, que falava a língua indígena, um dos nativos perguntou, intrigado, que história era aquela de rabiscar coisas num papel. Qual a utilidade deste costume? O francês então se propôs a demonstrar que escrever servia, sim, para alguma coisa. Apontou um soldado que estava à distância e disse que queria a pistola do homem. Em seguida escreveu num papel: "Manda-me tua pistola", ou coisa que o valha, e pediu ao índio que entregasse a mensagem. Para surpresa do nativo, o soldado entregou-lhe a pistola. E assim o membro de uma cultura ágrafa, de uma cultura que não escrevia, descobriu que escrever serve, sim, para alguma coisa: serve para comunicar pessoas entre si. Coisa acerca da qual não temos mais dúvidas.

Mas continuamos descobrindo aspectos benéficos da leitura. Numa entrevista recente, a jornalista perguntou a este notável neurocientista que é o professor da UFRGS Ivan Izquierdo qual a melhor forma de manter o cérebro ativo. Ivan Izquierdo foi taxativo: a leitura. Uma opinião compartilhada por praticamente todos que trabalham na área. Exercitar o cérebro não é a mesma coisa que exercitar os músculos; estes nós podemos ver trabalhando e se desenvolvendo. O cérebro está lá dentro do nosso crânio, e é ativado de outras maneiras, entre as quais a leitura tem papel de destaque. O que recomendam os especialistas? Aquilo que o bom senso nos recomendaria. Em primeiro lugar, que a gente leia coisa interessante (convenhamos, por que leríamos coisas que não são interessantes?). Uma outra recomendação: participar num grupo de discussão de livros — já existem vários por aí. E, finalmente, escrever. Ninguém precisa obrigatoriamente fazer uma carreira de escritor, mas escrever um diário, ou as próprias memórias, ou manter contato com outras pessoas através de e-mails ou cartas (sim, ainda existe quem escreva cartas) é um ótimo estímulo para as nossas células cerebrais.

Tudo isto a propósito, claro, da Feira do Livro. Onde tudo que é prazer e emoção em matéria de leitura está reunido à espera de vocês. E a escolha é de cada um: ir à farmácia e comprar alguma duvidosa substância para "fortificar o cérebro" ou escolher um bom livro. Como escritor e como médico, recomendo esta última opção. É mais eficiente, mais barata, dá mais prazer e, a menos que a pilha de livros na mesa de cabeceira caia em cima de vocês, não tem efeitos colaterais.

A Bíblia como literatura

[08/11/2008]

Em meados do século passado eram muito populares os livros do maranhense Humberto de Campos e de alguém que se escondia sob o pseudônimo de M. Delly (dois irmãos, Frédéric e Jeanne de la Rosière). Eram obras que fascinavam milhares de leitores. Pergunta: quantas pessoas hoje sabem desses livros? Não muitas: literatura também é moda, e moda passa. No entanto existe uma obra cujo início data de cerca de 3 mil anos atrás e que até hoje é best-seller: a Bíblia. São 500 milhões de exemplares vendidos anualmente. No Brasil, segundo o Instituto Pró-Livro, a Bíblia é o livro mais lido, à frente de didáticos e da ficção. Isto sem falar nas adaptações as mais diversas. Agora mesmo acaba de aparecer na Suécia uma revista que apresenta trechos do Velho e do Novo Testamento, ilustrados por personagens como Angelina Jolie, Bono e Che Guevara.

O termo "Bíblia" é grego e significa "livros". De fato, a Bíblia é antes uma coleção de livros. Em hebraico esta coletânea chama-se *Tanach*, sigla formada por três letras: o T de *Torah* (que, por sua vez, é a coleção dos cinco livros de Moisés, o Pentateuco), o N de *Neviim* (Profetas) e o CH de *Chetubim* ou *Ketubim* (Escritos). A Bíblia tem vários autores, como se comprova pelos diferentes estilos ou tradições. A mais antiga é a tradição Javista, simbolizada pela letra J, de Javeh ou Jeová: o nome de Deus era pronunciado apenas uma vez ao ano, pelo sacerdote, no templo de Jerusalém. A segunda tradição é Eloísta: Eloim ou Adonai era a denominação dada a Deus nas preces cotidianas. Depois vem a tradição do Deuteronômio (D), do grego *deutero-nomos*, segunda lei (tradução inapropriada do hebraico: deveria ser "cópia da Lei", porque esta parte da Bíblia repete em parte a narrativa e as prescrições de outros livros bíblicos). Finalmente, há a tradição Sacerdotal (P, do inglês *Priestly*). O conjunto destes livros foi denominado, pelo cristianismo, de Antigo Testamento, antecedendo cronologicamente o Novo Testamento, que narra a vida de Jesus. No presente texto, e para simplificar, Bíblia designa o Antigo Testamento.

Podemos ler a Bíblia de várias maneiras. Em primeiro lugar, pode ser uma leitura religiosa, espiritual — a leitura que faz o crente. Pode também ser uma leitura histórica, refazendo, às vezes com razoável objetividade, a trajetória de um pequeno grupo humano do Oriente Médio, os hebreus. Por último, mas não menos importante, pode-se fazer da Bíblia uma leitura literária, e para isto um ótimo modelo é a obra de Robert Alter *A arte da narrativa bíblica* (Companhia das Letras, tradução de Vera Pereira). O autor, professor de literatura em Berkeley, é notável autoridade no tema, responsável pela tradução, para o inglês, de vários textos do Antigo Testamento e organizador, junto com Frank Kermode, de um monumental *Guia literário da Bíblia* (1987).

Alter não discute a Bíblia do ponto de vista religioso ou histórico. O que lhe interessa, fundamentalmente, são as histórias ali narradas e que ele analisará como uma grande obra da literatura. E por que é uma grande obra? Em primeiro lugar pela concisão, pela economia; a parábola, por exemplo, narra, em não mais que umas poucas linhas, histórias de grande impacto. Depois, pelo estilo. O narrador bíblico é, como Deus (e como muitos dos escritores em geral), um narrador onisciente; ele sabe de tudo, inclusive aquilo que está oculto nos corações e nas mentes dos personagens. Mas, diz Alter, este narrador combina onisciência com discrição. Ele não vai explorar os pensamentos de Caim quando este mata Abel; não precisa fazer isso, porque os personagens bíblicos são personagens poderosos, que vivem até o limite as paixões humanas — o que, entre parênteses, explica a sua permanência. A inveja de Caim não se distingue, a não ser pelo grau (e talvez nem pelo grau), da inveja de um executivo diante do colega mais bem-sucedido.

Não é de admirar, portanto, que muitos escritores tenham usado a forma e o conteúdo da Bíblia como fonte de inspiração. Franz Kafka ficou famoso por suas parábolas, Thomas Mann baseou num episódio do Antigo Testamento a sua tetralogia *José e seus irmãos*. Tudo isto explica a atualidade da Bíblia. Como conclui Alter: "Ao apreciar as narrativas bíblicas como histórias, podemos ver com mais nitidez o que elas querem nos dizer sobre Deus, o ser humano e o universo".

Literatura e política

[10/08/2010]

A mesa de maior repercussão na Festa Literária de Paraty (Flip) foi aquela que reuniu a iraniana Azar Nafisi e o israelense A. B. Yehoshua e que coube a mim coordenar. Tarefa fácil, dada a impressionante capacidade de comunicação dos dois escritores. Eu já conhecia A. B. Yehoshua pessoalmente e através da leitura de suas obras, mas encontrar Azar Nafisi, mulher elegante, culta, inteligente, corajosa, foi uma grata surpresa. Exilada nos Estados Unidos por causa de sua postura contra o regime fundamentalista do Irã, Azar Nafisi não hesita em dizer o que pensa. O momento é oportuno; nestes dias, o mundo inteiro discute o caso da viúva Sakineh Mohammadi Ashtiani, que, acusada de adultério, foi condenada à morte por apedrejamento (e ela não é exceção; neste fim de semana, um jovem iraniano recebeu a pena capital por homossexualidade).

O caso Sakineh representou um desafio para o governo brasileiro, que nos últimos tempos tinha se aproximado do Irã. A cobrança ao presidente Lula não tardou. Em sucessivas entrevistas, ele falou sobre o assunto. O que envolve riscos, dos quais

Lula não escapou. De início, disse que, como presidente, não poderia se intrometer e pedir a libertação de presos para não transformar a relação com outros países em "uma avacalhação". A reação no Brasil e no mundo não foi boa; afinal, trata-se de uma vida humana, não de "avacalhação", coisa que mais adiante Lula reconheceu, ao dizer que, como cristão, não achava certo "alguém ser morto apedrejado por traição". E acrescentou que, se Sakineh deixava o seu amigo Ahmadinejad desconfortável, este poderia "mandá-la para o Brasil; nós a receberíamos de braços abertos".

Para Azar Nafisi, esta postura não é suficiente. Em termos candentes, afirmou no debate que Sakineh não estava "perturbando" ninguém; ao contrário, estava sendo "perturbada", e, mais que "perturbada", ameaçada de forma aterrorizante.

Não preciso dizer que o auditório veio abaixo com os aplausos. Sakineh é vista hoje como a vítima mais conhecida de uma brutal intolerância; há uma mobilização mundial para salvar-lhe a vida. Azar Nafisi, que, em escala muito menor, sofreu as consequências de suas atitudes independentes (foi desligada da universidade em que lecionava literatura por recusar-se a usar o véu), só poderia mostrar-se solidária com esse movimento que certamente fará história. Uma coisa da qual Lula, que afinal tem um passado de luta pelos direitos humanos, sabe perfeitamente; vacilações e imprecisões à parte, mostra-o sua segunda entrevista.

Azar Nafisi, e também A. B. Yehoshua, e Salman Rushdie, e Terry Eagleton, entre outros, mostraram na Flip que escritores podem representar a consciência viva de seu tempo, a exemplo de Émile Zola que, em *Eu acuso* (1898), denunciou o antissemitismo francês no rumoroso caso Dreyfus, no qual um oficial do exército, judeu, foi falsamente acusado de espionagem em favor da Alemanha. "A festa da crítica", disse ontem a *Folha de S. Paulo* em manchete. A Flip não foi só festa da crítica, houve mesas clássicas sobre o fazer literário, e sessões de autógrafos, e shows, e exposições, mas, de fato, o debate intelectual esteve muito presente. E isto mostra a importância que tem esse belo evento em nosso cenário cultural.

II. PESSOAS E PERSONAGENS

Três da Ucrânia

[18/12/1977]

Todas as biografias de Clarice Lispector, recentemente falecida, mencionavam duas coisas a respeito de sua origem, que eu não sei se eram do conhecimento geral — que ela era judia e russa, da Ucrânia. Não que eu acredite que estes fatos tenham demasiada importância. Ninguém dirá que Clarice Lispector era uma escritora judia, como o é, por exemplo, um Isaac Bashevis Singer (aliás, há muitos escritores judeus, principalmente nos Estados Unidos, mas relativamente poucas escritoras). Nada disto. Clarice não renegava seu judaísmo: aqui em Porto Alegre, ela me elogiou por ter abordado temas judaicos em meus livros, mas por outro lado também não se mostrava muito interessada pelo assunto. Me parece que sua atitude era mais de indiferença. Igualmente, ela tendo vindo com dois meses da Ucrânia, seria difícil catalogá-la como uma escritora russa. No entanto, suspeito que alguma influência, ainda que muito indireta, do judaísmo e do lugar de nascimento estejam presentes na obra de Clarice. E me socorro aqui de uma analogia com outras duas singulares pessoas, dois judeus da Ucrânia — o escritor Isaac Bábel e o médico sanitarista, este do Brasil, Noel Nutels, os dois já falecidos: o primeiro nos expurgos stalinistas da década dos 30, o segundo, há alguns anos, no Rio.

Olhem o mapa. Vocês vão ver que a Ucrânia fica no sul da União Soviética, banhada pelo mar Negro, e muito próxima dos países mediterrâneos e daquela encruzilhada do mundo que é o Oriente Médio. Odessa, a cidade de Isaac Bábel e capital da Ucrânia, era um centro cosmopolita, no qual os judeus (apesar dos frequentes *pogroms*) geraram uma cultura florescente, com poetas, escritores e sobretudo violinistas: Elman, Zimbalist e Heifetz eram de lá. O clima, portanto, era de sofisticação intelectual, de alta sensibilidade. Contudo, não era este clima de estufa que Bábel queria: a conselho de Maksim Górki, ele deixou de escrever por uns tempos e foi viver entre o povo. Aí estalou a Revolução de 1917, e Bábel se alistou na Cavalaria Vermelha, escrevendo então muitos contos sobre estes tipos rudes, às vezes brutais, que eram os cossacos, pelos quais tinha verdadeira fascinação.

A sensibilidade e a atração pelo primitivo também marcaram a vida de Noel Nutels, um sanitarista que dedicou sua vida a proteger os índios brasileiros de um flagelo que a civilização lhes impôs: a tuberculose. O que para outros seria uma tarefa difícil, para Nutels era uma vocação, porque ele amava os índios, exatamente como eram: simples, primitivos.

E Clarice? Ninguém negará que ela era, das escritoras brasileiras, a mais sensível, de uma sensibilidade que por vezes raiava o mórbido. Como Bábel. Mas quem eram seus cossacos? Seus índios? Não creio que seja difícil identificar os elementos primitivos na obra de Clarice. Às vezes é um animal — a galinha, o búfalo —, outras vezes um ser humano simples, telúrico, como esta Macabéa de seu último livro, *A hora da estrela*. Aliás, que estranha coincidência entre o nome desta derradeira personagem, a semana de Chanuká, a festa judaica que relembra e a época em que Clarice faleceu, a semana de Chanuká, a festa judaica que relembra a luta dos Macabeus contra a dominação do rei Antíoco que queria lhes impor a sofisticada (e por isto mesmo instrumento de submissão) cultura helenística. Como os índios, e os cossacos, os Macabeus eram gente simples. Desta simplicidade que preserva a humanidade. Desta simplicidade com a qual Clarice Lispector construiu sua bela, genial obra literária.

O humor de Woody Allen

[09/04/1978]

Premiações são sempre controversas, mas será difícil encontrar um prêmio mais justo que o Oscar para Woody Allen. Apesar das irregularidades (e quem não é irregular, de vez em quando?), Woody Allen vem se afirmando, não só como cineasta, ator mas — e aí está uma coisa que nem todos sabem — como escritor. Woody Allen já tem alguns livros publicados, com trabalhos realmente excepcionais.

Me parece que Woody Allen está situado na trajetória daquilo que se convencionou chamar *humor judaico* — um humor melancólico, de sorrisos e não de gargalhadas, que nasceu como uma defesa de um povo oprimido contra as violências das perseguições. É um humor sobretudo folclórico, formado de histórias anônimas que passaram de geração em geração, mas que também teve expressão em alguns notáveis escritores do idioma iídiche como Scholem Aleichem.

Com a passagem do tempo, o humor judaico tem mudado, e nem poderia ser de outra forma, pois os conflitos judaicos são agora de outra natureza. A vida dos emigrantes e seus descendentes no Novo Mundo é muito diferente da que tinham as pequenas comunidades da Europa Oriental no século passado, sujeitas à miséria e às ameaças dos *pogroms*. Os demônios que perseguem os judeus americanos são outros, são principalmente os fantasmas da classe média: a angústia, a insatisfação com a qualidade da vida, a neurose, que só podem se expressar sob a forma de um humor mais refinado, mais para Kafka que para os Irmãos Marx. Por isso, eu sou mais Woody Allen que Mel Brooks, mais Gene Wilder que Marty Feldman, todos cômicos judeus como o foram Eddie Cantor e Jimmy Durante.

Woody Allen tem um conto sobre um personagem chamado Weinstein que é bem ilustrativo do que quero dizer. Em criança, conta Woody Allen, "Weinstein sofreu tremendas injustiças e perseguições por causa de sua religião — e principalmente de seus pais. Minha face é tipicamente semita, Weinstein pensava todas as manhãs, enquanto se barbeava. Várias vezes ele fora confundido com Robert Redford — mas sempre por pessoas cegas".

Em sua juventude, Weinstein tinha sido de esquerda. "Na escola, ele organizara os ratos do laboratório e levara-os à greve por melhores condições de trabalho." Woody Allen fala também da família de Weinstein, do tio Meyer, que guardava toda sua fortuna debaixo do colchão. "Então veio a Depressão. Quando a Bolsa entrou em colapso, o governo requisitou todos os colchões e Meyer ficou na miséria." Na barbearia, Weinstein constatava que o barbeiro cortou-lhe cabelo demais. "Põe de volta!" — gritou. "Não posso" — disse o barbeiro — "Não vai grudar". "Então me devolva o cabelo, Dominic! Vou levá-lo para casa." "Depois que caiu no chão da barbearia é meu, senhor Weinstein." Estes *góis*, pensa Weinstein. De um jeito ou de outro eles sempre acabam pegando a gente.

Weinstein separou-se da mulher porque ela tentou dormir

com todos os nomes em R da lista telefônica — e tinha dormido com o analista.

— Fazia parte do tratamento. De acordo com Freud, o sexo é o caminho para o inconsciente.

— Freud disse que os sonhos são o caminho para o inconsciente.

— Sexo, sonhos — vamos brigar por detalhes?

Há muitas coisas novas no judaísmo, mas este humor sem dúvida é das melhores. Penso que um pouco dele não faria mal no Oriente Médio de hoje.

O sol de Amsterdam

[12/09/1978]

É impossível não gostar de Amsterdam, uma cidade que conserva todo o encanto do século XVII, mas que ao mesmo tempo transborda de alegria e de dinamismo. É impossível não gostar da cidade de Rembrandt e do Museu Van Gogh, dos canais, do Concertgebouw. E principalmente é impossível não gostar de Amsterdam no verão, quando se pode caminhar a pé pelas ruas, admirando as fachadas das casas e os barcos nos canais — muitos deles servindo de residências a plácidas famílias.

Foi numa manhã de verão que Judith e eu fomos ao número 263 de Prinsengracht, uma rua que, como muitas outras em Amsterdam, corre ao longo de um canal. O 263 corresponde a uma casa bonita, mas que em Amsterdam nada teria de especial — a não ser pelo fato de ter sido ali a morada de Anne Frank.

Há coisas que emocionam, e que depois deixam de emocionar, por terem sido excessivamente usadas, demagogicamente usadas; confesso que tive medo de encontrar uma situação assim, ao entrar na casa de Anne Frank, receio que se acentuou quando vi expostos à venda os indefectíveis *souvenirs*, sempre de mau gosto, aquelas coisas que os americanos chamam *tourist trash*, o lixo que os turistas gostam de trazer para fazer inveja aos amigos que não puderam viajar — embora alguns destes objetos estivessem à venda com fins beneficentes.

Então, a gente passa por trás de um armário de livros — na verdade uma porta secreta — e sobe por uma estreita escada para os aposentos onde durante anos a família Frank se escondeu dos nazistas até que foi descoberta — e liquidada num campo de concentração. Os quartos estão vazios, e ainda me lembro da impressão que me causou este vazio, como se estivesse habitado por uma presença invisível, e muda — e sobretudo acusadora. É como se alguém perguntasse com que direito continuávamos a viver, naquela manhã de sol em Amsterdam.

Mas então vem a lembrança de Anne Frank, e esta lembrança é sobretudo consoladora. A gente lembra o rosto da menina — uma judiazinha parecida com tantas de sua idade, moradores do Bom Fim. A gente vê as fotos que ela pregou na parede (lembro que uma delas era a da atriz de cinema Deanna Durbin, uma açucarada heroína da época).

E, sobretudo, a gente lembra do *Diário de Anne Frank*. Não é nenhuma obra-prima da literatura, não poderia sê-lo, saindo da pena de uma menina de catorze anos; no entanto é, para quem escreve, uma das mais pungentes lições de amor à palavra que conheço. Seguramente foi a palavra que manteve viva Anne Frank, que a preservou durante aqueles sombrios anos de terror. Foi através da palavra que ela pôde chegar a uma frase tão fundamental como: "A despeito de tudo, ainda creio na bondade humana". Uma frase que pode ser simplória, mas que deve ser verdadeira; é preciso que a tornemos verdadeira.

Enquanto os nazis exterminavam pessoas após pessoas, Anne Frank escrevia, linha após linha, palavra após palavra. As máquinas de extermínio são mais fortes que a palavra. Anne Frank morreu. Não adianta usar uma frase grandiloquente, tal como "ela vive em nossos corações". Ela morreu, e isto é estúpido, é revoltante, uma menina de catorze anos não deveria morrer.

O sol brilhava na manhã de Amsterdam quando saímos da casa de Anne Frank. E o sol dissolveu toda a mágoa, todo o rancor. O sol de Amsterdam era o olhar de Anne Frank posto em nós.

Reencontro

[09/04/1982]

Uma vez, há muitos anos, corri atrás de minha mãe que estava na cozinha — ela sempre estava na cozinha, mesmo quando sonhava com palácios ou sabe lá com quê. Corri atrás da minha mãe com um livro na mão; um livro de Monteiro Lobato; e eu queria ler para ela uma frase da Tia Nastácia que tinha achado muito engraçada; e que já não lembro mais. Mas era muito engraçada. Lendo esta frase, eu ria, ria; e minha mãe ria; decerto porque eu ria; mas ríamos ambos, ríamos muito, daquela frase da Tia Nastácia no livro de Monteiro Lobato. Já não sei qual o livro. Li todos. Eu ria, ria.

Já não rio. Não rio tanto, pelo menos. Minha mãe morreu e meu filho Roberto ainda não leu Monteiro Lobato. Já não rio.

Em compensação, e mediante certos estímulos como este agora, a evocação de Monteiro Lobato — produzo fantasias. Mórbidas, em geral. Mas às vezes amáveis e até risonhas. Imagino, por exemplo, uma história que Monteiro Lobato não escreveu, mas que poderia ter escrito, em momentos de amargura.

(Parecem ter sido raros em sua vida. Era um homem entusiasta: com a ciência, com o progresso. Acreditava no Brasil, acreditava no petróleo. Acreditava na ficção. Deve ter vivido bem.)

Nesta história, Emília encontra a fada que transformou Pinóquio em um menino de verdade. Estabanada, a boneca faz um pedido: também ela quer se transformar numa menina. Tem certeza, pergunta a fada, sorrindo, maligna (fada ou bruxa? Bem, não importa). Emília tem certeza. A fada golpeia-a com a varinha de condão e pronto, no lugar da boneca surge a menina Emília. Tem, então, uns dez anos.

Isto foi quando? Lá por 1941 — época de "A reforma da Natureza". O tempo passa. Quando encontro Emília, num bar em São Paulo, ela já tem quase cinquenta anos. Alguém me aponta: olha, aquela é a Emília. — Quem? — eu, surpreso. — A Emília do Monteiro Lobato. — Incrível. A mulher malvestida, o rosto coberto de uma espessa camada de maquilagem, é Emília.

Dirijo-me a ela, comovido. Ofereço-lhe uma bebida. Digo-lhe de minha admiração pela obra de Monteiro Lobato; conto como foi importante para mim. Tanta coisa aprendi naqueles livros, tanta coisa. Até mesmo a escrever. Um pouco, aprendi a escrever.

Às minhas perguntas, responde com frases curtas, secas. É amarga, a velha Emília. Não, não tem mais saudades do Sítio do Picapau Amarelo. Não a respeitavam. Quiseram casá-la com um leitão. O Rabicó. O Marquês de Rabicó. E o sábio lá era um boneco feito de sabugo de milho.

Dona Benta morreu. Já era velha, mesmo. Nastácia também morreu. Pedrinho (o "doutor Pedro", diz a mulher, irônica) formou-se em direito, e depois abriu uma firma de cobranças judiciais. Narizinho (o nome dela era Lúcia? Parece que era Lúcia) formou-se professora, foi lecionar num ginásio do interior de São

Paulo. Nunca casou, os alunos diziam que era uma solteirona rabugenta.

— Eu também não casei — Emília, sorriso de mofa. — Mas tive meus casos. Isso tive. Pelos menos para alguma coisa serviu a mágica da fada, né?

Me pede um dinheiro. Dou-lhe um dinheiro e me afasto, consternado, confuso.

Volto a Porto Alegre, corro à prateleira onde guardo livros infantis, os da Editora Globo, os de Monteiro Lobato. Já não são os da minha infância; são obras usadas que comprei nos sebos do centro e que guardo para meu filho. Abro "A reforma da Natureza". E aí encontro a boneca Emília, a traquinas que reformou o mundo, os livros:

— Pois eu tenho uma ideia muito boa... Fazer o livro comestível. O leitor vai lendo o livro e comendo as folhas; lê uma, rasga-a e come.

Alimenta. Conforta. Como pão quente. Como leite morno. Como bolinhos de fubá.

Como a nossa infância, que Monteiro Lobato iluminou.

Emília é que sabia das coisas

[18/04/1982]

Hoje é um dia importante. Não, não é aniversário de nenhuma batalha; mas mesmo assim é uma data importante. Para os brasileiros. Para as crianças deste país. Para os que acreditavam na literatura deste país. Hoje faz cem anos que nasceu Monteiro Lobato.

(A gente sempre precisa disso — de um cinquentenário, de um centenário — para homenagear um escritor. É o fascínio dos múltiplos de dez. Não há o que discutir, porém; melhor é aderir, e prazerosamente; ainda mais quando se trata de Monteiro Lobato.)

Monteiro Lobato. Que imagem terão deste escritor as crianças de hoje? Não faço a menor ideia. Estou esperando que o Beto cresça um pouco mais para me dizer (neste meio-tempo, compro para ele os livros de Lobato — os de sebo, das antigas edições ilustradas por Belmonte, que são muito mais autênticas). É verdade que eu mesmo já não tenho muita certeza sobre o que representam para mim os personagens de Lobato; Pedrinho hoje me parece um garoto comum; Narizinho, uma menina simpática — talvez pudesse figurar num anúncio de TV sobre refrigerantes ou algo no estilo — mas também comum. Dona Benta, muito boazinha. Nastácia, idem. Rabicó, Quindim, Visconde, curiosos.

Sobra Emília. Mas que personagem é a Emília! Só ela já justificaria a permanência de Monteiro Lobato. Porque ela encarna o que o escritor tinha de melhor: a sua incrível vocação pelo fantástico, mas um fantástico absolutamente original e brasileiro, impossível de enquadrar no fantástico que hoje é até escolta literária. E em termos de Emília e fantástico há duas obras soberbas. Uma é *A chave do tamanho*. Emília mexe numa chave na misteriosa Casa das Chaves; o que ela quer é acabar com as guerras, mas em vez disso o que acontece é que toda a humanidade encolhe, ficando os seres humanos reduzidos a criaturinhas de uns poucos centímetros. Lobato explora todas as imensas possibilidades da história, introduzindo inclusive suas pitorescas considerações a respeito da suposta racionalidade do mundo dos adultos. Em *A reforma da Natureza* temos de novo Emília mexendo com o mundo. Os mosquitos, em vez de fazer "fium", passam a cantar óperas. O leite, quando ferve, apita, que é para não derramar. As abóboras, que são grandes, dão em árvores; e as jabuticabas em arbustos. Neste livro, surpreendentemente, Lobato não assume seu lado infantil, mágico; lá pelas tantas chega Dona Benta e "endireita" todas as maluquices de Emília.

Maluquices? Pode ser. Mas não foi Emília, por exemplo, quem inventou o processo de concentração de renda; não foi Emília quem propôs que um país que sequer alimenta seus habitantes exportasse gêneros alimentícios; não foi Emília que inventou usinas atômicas, poluição industrial e coisas no gênero. Emília, afinal, nunca passou de uma figura de ficção.

Ele é o Brasil

[12/02/1982]

Tereza Batista, mesmo cansada da guerra, lá estará, em missão de paz. Pedro Bala virá com todos os seus companheiros, os bravos capitães da areia. Tieta do Agreste sorrirá feliz, exibindo sua sensualidade. E a voluntariosa Gabriela também estará presente, com cravo, canela e o turco Nassif.

São os personagens de Jorge Amado, reunidos na lendária cidade de Salvador da Bahia para comemorar os oitenta anos do seu criador. Uma festa que não é só baiana, não é só brasileira: é uma festa do mundo inteiro. Pois em qualquer canto do mundo é possível encontrar leitores deste que é o mais brasileiro dos nossos escritores.

Jorge Amado disse numa entrevista que não estava muito a fim de comemorar seu octogésimo aniversário. Compreensível: ele é um homem que, principalmente no Brasil, teve de renunciar por completo à sua privacidade, à sua individualidade até. Eu vi — ninguém me contou, eu vi — uma cena que me deixou perplexo: estávamos em sua casa, no bairro do Rio Vermelho, em Salvador, quando um ônibus parou à porta, despejou uma leva de turistas que, conduzidos por uma guia, invadiram a sala de estar, mexendo nas coisas, tirando fotografias e pedindo autógrafos em pedacinhos de papel. E Jorge, estoicamente, atendia a todos. Um dia ele vai cansar disto, diziam os amigos.

Será que cansou? Bem, Jorge e Zélia foram para Paris. Lá podem ler, podem escrever; mais que isto, podem andar pela rua em relativo anonimato (relativo, sim; os fãs brasileiros são ubíquos. Nunca se sabe quando um deles vai brotar de trás da Torre Eiffel). Mas para o aniversário eles voltaram. Porque um homem generoso como é Jorge não pode cassar a alegria das pessoas. Ainda que seja um transtorno para ele, ainda que a data evoque a velhice que ele preferia esquecer — e quem não prefere? —, Jorge acabou voltando para a festa. Terá de ouvir inevitáveis discursos, terá de responder às mesmas perguntas de sempre (qual dos seus livros o senhor gosta mais, como o senhor avalia a sua experiência no Partido Comunista etc.) mas, mesmo cansado da guerra como Tereza Batista, aguentará a mão.

Há um preconceito anti-Amado neste país. Sempre há preconceito contra os autores de grande público, mas no caso de Jorge Amado, acrescentam-se outros componentes: suas posições políticas no passado, sua linguagem considerada descuidada, o recurso à sensualidade, etc. Mas a verdade é que Amado, apesar de todas estas coisas ou justamente por causa delas, é muito mais brasileiro que os anti-Amado. Este é um país de contradições, um país de debilidades vexatórias e de grandezas surpreendentes; um país tolerante e violento a um tempo. Que este país tenha sobrevivido íntegro durante quase cinco séculos é um milagre que deveria nos surpreender a cada dia, mas que esquecemos — para falar de constantes mazelas.

Jorge Amado, porém, não esquece. Ele fala do Brasil sempre e com naturalidade. Por uma singela e avassaladora razão: ele é o Brasil. Ele, Tieta, Tereza Batista, Quincas Berro d'Água, estes personagens que fazem parte de nossa vida, eles são o Brasil.

Ligia, um ano depois

[09/01/1985]

Faz um ano que Ligia Averbuck nos deixou. Nesse tempo, tentei escrever sobre ela, mas não consegui. Eu teria muito a dizer sobre Ligia, dos anos em que fomos amigos; uma afeição que nasceu por causa de nosso interesse comum, a literatura, e que jamais cessou de crescer. Ligia era de casa. Era amiga de minha mulher, Judith, e o Beto a adorava. Rara era a semana que não nos víamos, que não conversávamos.

Mesmo depois que ela foi para São Paulo, para o doutorado que não concluiu, nos mantínhamos em contato. Nunca deixávamos de nos encontrar; a última vez, lembro, foi na Bienal, que ela, apesar de já muito doente, fez questão de visitar comigo.

E no entanto não consegui escrever sobre Ligia. Mas eu sei por quê. Foi por causa de sua morte, da brutalidade de sua morte, que me deixou confuso, aterrorizado.

Num momento era a Ligia cheia de vida que eu conhecia; no outro, lá estava, no caixão, para sempre imóvel. Muitas vezes vi pessoas morrerem, e algumas vezes aceitei a morte, como se espera de um médico, mas com Ligia foi demais, foi insuportável. O que eu poderia escrever? Ligia, permaneces viva em nossas memórias, em nossos corações. Mas nós também vamos morrer, e assim nossas memórias, nossos corações. A morte de Ligia nos invadiu. Para frases banais, já não sobrava lugar.

Mas a verdade é que a gente foi vivendo. E hoje a Ligia que eu evoco é a mulher inteligente, corajosa, a mulher honesta que brigava pelo que acreditava. Evocar esta imagem me dá forças. Foi o que aconteceu quando Maria da Glória Bordini, amiga admirável, telefonou, sugerindo que eu escrevesse algo. Era a voz de Ligia que falava por sua voz, e me dizendo no tom de carinhosa reprimenda que era tão característico dela: não amola, Moacyr, senta nessa máquina e escreve de uma vez, deixa de ser bobo.

Ai, Ligia, que falta nos fazes. Que falta nos fazem todos aqueles que se foram. Que a gente continue existindo depois destas perdas dá uma ideia da força disto que se chama vida. No território da vida nos refugiamos, com nossos afetos, nossas lembranças, nossas palavras, tantas vezes vazias, tantas vezes sem sentido.

Que mais podemos fazer? Nada mais podemos fazer, a não ser deixar nossas flores sobre as tumbas e nossas palavras no papel, esperando que acrescentem algo ao, para nós, eterno fluxo da vida. Esta vida que Ligia Averbuck tanto amou, e para a qual tanto deu de si, generosamente, desprendidamente. Ligia era a vida. Lembrá-la nos dá forças, conforta. Lembrá-la é viver.

Retrato de um escritor

[12/04/1986]

Na noite de sábado, 22 de março, entrei num quarto do Hospital Moinhos de Vento e o que vi confrangeu-me instantaneamente o coração: ali estava, morrendo, o meu amigo Josué Guimarães. Imediatamente, e como por efeito de mágica — desta mágica da imaginação da qual Josué tinha um soberbo domínio —, minha memória recuou no passado e recordei a primeira vez que o vi, em 1962. Estávamos organizando uma antologia de contos, e Josué contribuiu com duas histórias — as suas primeiras histórias a serem publicadas em livro. Recordo, sobretudo, sua aparência (e nisto sou ajudado por um desenho publicado na própria antologia, *Nove do Sul*). Josué não tinha o tipo clássico, ou ao menos caricato, do intelectual: não era baixinho, não usava óculos. Ao contrário, o que impressionava nele era a elegância, o porte altaneiro. Um porte que correspondia, aliás, a sua postura intelectual, porque Josué não tinha papas na língua, não tinha medo de ninguém, dizia o que pensava — o que lhe valeu numerosas dores de cabeça. À época em que fui procurá-lo, ele era conhecido como jornalista combativo, com incursões na área política. *Nove do Sul* ajudava a revelar uma face até então oculta de seu talento. As histórias que ele entregou para publicação eram bem características daquilo que depois lhe granjearia multidões de leitores, no estado, no país, no exterior: a notável habilidade para contar uma história.

Contar história correspondia intrinsecamente à sua maneira de ser. Era, nele, algo tão natural como respirar. Recordo uma vez que vieram, Nídia e ele, jantar lá em casa, juntamente com vários outros convidados. Josué começou a contar uma história — e casualmente tinha a ver com hospital — e quando vi, estavam todos a seu redor, ouvindo fascinados, sem se importar com o jantar que já estava servido. Assim era o Josué, e assim era o seu talento, mas deste talento tenho um exemplo melhor. Uma outra ocasião nos visitaram, ele e Nídia, na praia. Era um fim de tarde em que Beto, então pequenino, estava particularmente irrequieto, irritadiço: ninguém conseguia acalmá-lo. Deixem comigo, disse o Josué. Tomou-o nos braços, e começou a embalá-lo, cantando baixinho. Bem, o Josué era um desconhecido para o garoto, que como todas as crianças evitava desconhecidos. No entanto, alguns minutos depois, e para meu assombro, o menino dormia calmamente, profundamente.

Era esta a qualidade que Josué colocava em sua ficção: um extraordinário calor humano, combinado com o humor que nele era absolutamente natural. Como Jorge Amado e Erico Verissimo, escritores de cuja estirpe fazia parte, era um contador de histórias autêntico, naquele sentido de que contar uma história não é simplesmente informar o leitor de algo que se passou, na realidade ou na imaginação; contar uma história é um ato de empatia, uma silenciosa e distante comunhão entre o escritor e seu leitor. Contar histórias era uma maneira que tinha Josué de se dar, mas não a única: os milhares de amigos que deixou em todo o mundo, o clima afetuoso de sua casa dão testemunho disso, e mostram que, em Josué, o escritor e a pessoa eram uma só pessoa, que ele não precisava travestir-se de ficcionista para escrever seus livros.

O projeto literário de Josué ficou inconcluso. Não me refiro só ao terceiro volume de sua antologia sobre a colonização alemã; havia também uma novela, da qual me falava com entusiasmo, que se chamaria "Brava gente" e seria uma espécie de épico picaresco do Brasil. Era uma ideia tão boa, que eu já podia imaginar o livro, e já o estava achando notável; mas então, pouco a pouco, ele foi perdendo a batalha contra aquilo que é nosso implacável destino: a doença, a morte.

Mais tarde, naquela noite de 22 de março, quando voltei para casa, olhei minhas prateleiras cheias de livros. Quanta coisa a gente escreve. Quanta coisa a gente lê. Nos agarramos (e os escritores mais que todo mundo) desesperadamente às palavras, como se as palavras pudessem nos proteger. É um empreendimento inútil, este de escrever, e no entanto inevitável. Escrevemos, porque nada mais podemos fazer, a não ser escrever. Sabendo da morte de Josué, a minha primeira reação foi cair em profunda depressão; a segunda, sentar-me à máquina.

Era o que ele faria, é o que alguém fará por mim um dia. E no meu caso, médico que sou, a impotência é dupla; não só são inúteis minhas palavras contra a morte, como também são terrivelmente devastadores os sinais que ela me faz, escondida nas sombras que rodeiam os leitos dos moribundos. Padeço dessa dupla e esmagadora solidão, a da literatura e a da medicina confrontada com a morte.

Eu deveria terminar com as palavras clássicas, dizendo que Josué morreu, mas que sua lembrança vive em seus livros e em todos nós. Mas é preciso coragem para acreditar nisto, uma coragem que eu, um cético, não tenho. Invoco então o espírito de

Josué, invoco aquela intrepidez que eu tanto admirava e peço que ele me faça acreditar — acreditar que a morte não é assim tão terrível, que é possível enfrentar o fim com serenidade. Mesmo que estejamos apenas armados de nossas pobres, tristes e tão humanas ferramentas, estas palavras que aqui findam. Estas palavras com que fez nosso encanto. Obrigado, Josué. Obrigado e até sempre.

A OBRA

O primeiro livro de Josué Guimarães, publicado em janeiro de 1970, quando completava 49 anos de idade, contém contos que vinha escrevendo nas horas de folga da vida jornalística e política.

Intitula-se *Os ladrões*. Em 1972, publicaria *A ferro e fogo: Tempo de solidão*, o primeiro volume de uma trilogia sobre a colonização alemã no Rio Grande do Sul. O segundo volume, *Tempo de guerra*, sairia em 1975, e o terceiro não conseguiria concluir.

Em 1973, publicou *Depois do último trem*; em 77, *Os tambores silenciosos*, romance que recebeu o Primeiro Prêmio Erico Verissimo; antes, em 76, havia publicado *Lisboa urgente*, com os artigos que mandou de Portugal durante o período que lá viveu, acompanhando, inclusive, a Revolução dos Cravos, e também *É tarde para saber*; em 78, publicou três livros: *Pega pra kapput!*, junto com outros, *Enquanto a noite não chega* e *Dona Anja*; em 79, publicou *O cavalo cego* e *A casa das quatro luas*; em 1980, o grande romance *Camilo Mortágua*, seu último trabalho de fôlego. Os anos seguintes seriam dedicados a livros infantis e teatro: *As incríveis histórias do tio Balduíno* (81), *Era uma vez um reino encantado*, "Xerloque da Silva" em *O rapto de Doroteia* (82), *Meu primeiro dragão* (83) e *Um corpo estranho entre nós dois* (83), *A onça que perdeu as pintas*, *O gato no escuro* e "Xerloque da Silva" em *Os ladrões da meia-noite*.

Tio Henrique, e o pedreiro que assobiava

[27/04/1986]

Fazia já semanas que eu vinha pensando em escrever algo sobre o Primeiro de Maio e sobre os trabalhadores. Semanas apenas, não. Anos, muitos anos. Desde a adolescência o mundo se dividia então entre trabalhadores e opressores, entre bons e maus. No mundo de minha adolescência era preciso escolher; e na minha escolha pesava a frase de José Martí: "*Con los pobres de la Tierra: quiero yo mi suerte echar*". Do sofrimento dos pobres nasceria um mundo melhor; e Primeiro de Maio sempre foi para mim a festa que simbolizava esta esperança.

Então, eu queria escrever sobre o Primeiro de Maio. Mas a fatalidade muda todos os planos, até os menores. Na modorrenta tarde de sábado, 19 de abril, tocou o telefone. Era meu pai, avisando que Henrique Scliar tinha morrido. Peguei o carro e corri para o pronto-socorro, onde estava o corpo. E ali estava o cenário da minha infância, da minha adolescência — a Oswaldo Aranha, que tantas vezes palmilhei; o pronto-socorro, onde fui interno e médico — mas este cenário agora tinha algo de sombrio, de medonho. O ônibus ainda estava parado no mesmo lugar onde o velho Henrique perdera a vida; havia um congestionamento de trânsito, e buzinas atroavam o ar, num concerto macabro.

Henrique Scliar tinha 89 anos, e seus amigos — que eram legião — eram unânimes em dizer: uma vida bem vivida, uma vida intensamente vivida. Até o seu último dia, até o seu último instante, não deixou de fazer o que era, nos últimos tempos, sua ocupação habitual: andar pela cidade, no Centro e no Bom Fim, em busca de conhecidos a quem pudesse contar suas anedotas.

Sim, era isto que ele fazia: contava anedotas. Nem sempre eram novas, nem sempre eram engraçadas, mas eram a sua forma de militância porque inevitavelmente suas histórias eram dirigidas contra os exploradores, os imperialistas; mais que isto, estas histórias eram a sua conexão com a vida.

Saí do pronto-socorro e fui até sua casa, na Jacinto Gomes, onde ajudei a tomar as tristes providências que estas situações exigem: contatos com a funerária, avisos a parentes. Enquanto telefonava, olhava os livros de sua biblioteca. Ali estava a obra completa de Élisée Reclus, um biologista hoje pouco lembrado, e que em sua época foi um paladino do racionalismo científico; os livros de Jorge Amado, de quem meu tio era leitor e principalmente amigo (Jorge e Zélia se hospedaram várias vezes em sua casa) e também os meus próprios livros: o tio era um grande incentivador. Arte, cultura, ciência eram palavras mágicas para ele. Não poupou esforços para que seu filho Carlos pudesse se tornar um grande pintor; e ajudou também Salomão, excelente fotógrafo e um dos pioneiros da cinematografia gaúcha. Foi um dos fundadores do Clube de Cultura e muitas vezes o vi, durante a construção da sede, carregando tábuas junto com os operários.

Era um operário da cultura, o tio Henrique. Falo em tio porque era assim que todos o conheciam, era esta a carinhosa denominação que lhe davam.

No Clube de Cultura o corpo foi velado, de lá saiu o enterro, na manhã de domingo, 20 de abril. E fiquei lembrando a coincidência das datas. Henrique Scliar morreu a 19 de abril, data do Levante do Gueto de Varsóvia, um dos episódios mais transcendentais da história judaica. A 19 de abril de 1943 os habitantes do gueto de Varsóvia, famintos, mal armados, desesperados, ergueram-se contra a poderosa máquina de guerra nazista, numa demonstração de coragem e de dignidade que comoveu o mundo. Henrique Scliar morreu dois dias antes da data de Tiradentes, quatro dias antes da Páscoa judaica, que celebra a libertação dos escravos do Egito. E Henrique Scliar morreu também um pouco antes de Primeiro de Maio, data que ele, velho militante de esquerda, tantas vezes celebrou.

Então eu me dei conta que o tema sobre o qual pretendera escrever, Primeiro de Maio, não ficara abandonado. E sobre o que eu ia falar, falarei.

Falo então desta visão adolescente que eu tinha do mundo. Para mim, o futuro pertencia aos trabalhadores; porque eles não exploravam ninguém, porque ganhavam o pão com a força dos braços. Operário eu queria ter sido, e muitas vezes amaldiçoei o destino que me faz nascer pequeno-burguês, mais pequeno que burguês, mas mesmo assim não um proprietário (um "proleta", como dizíamos, com certo humor mas não menos carinho).

Um dia vi um pedreiro num edifício em construção, assobiando. Aquilo me deixou assombrado. Como podia um ser sofredor assobiar? E, pior: não era a Internacional que ele assobiava; era uma música qualquer, dessas que tocam no rádio todos os dias.

Durante muitos anos me perguntei por que assobiava o pedreiro. Para esquecer o sofrimento? Como reação à alienação de seu trabalho? Como protesto? Ou será que apesar de tudo ele gostava do que fazia, de empilhar tijolos, de construir algo, mesmo que não fosse seu, mesmo que fosse uma mansão para um rico explorador?

A indignação é uma doença incurável. Tendo descoberto a miséria, nunca mais pude ser o mesmo. Mas também não consegui descobrir por que o pedreiro assobiava. E não tem importância. O importante é que assobiava. O importante é que a vida é vida, e acaba triunfando, se não numa geração, então na outra, ou na outra.

O pedreiro que assobiava, o tio Henrique que percorria o Bom Fim atrás de gente para quem contar suas anedotas — estas figuras são um símbolo. Como o é o Levante do Gueto, a rebelião de Tiradentes, o Pessach, o Primeiro de Maio. Honra aos que combatem. Honra aos que caíram de pé, no Gueto de Varsóvia ou na querida Oswaldo Aranha.

E agora?

[18/08/1987]

Não há critério mais seguro para se avaliar a consagração de um homem de letras do que a incorporação, à linguagem comum, de personagens ou de expressões que ele tenha criado. Dom Quixote de la Mancha, Robinson Crusoé, Tom Sawyer, o adjetivo "kafkiano": tudo isto mostra que um grande escritor é capaz de captar, nos ocultos mecanismo do inconsciente coletivo, a energia que o leva a criar imagens novas que correspondem, dramaticamente, a uma descrição de sua época ou de muitas épocas. Diga-se neste país (e até em outros países): "E agora, José?" — todo mundo saberá de quem se está falando: o homem que, mais que nenhum outro, encarnou a própria poesia brasileira. "E agora, José?" — é uma indagação que parte do fundo da alma de nosso povo, que ecoa neste país há quatrocentos anos. Não só porque fala de José, um nome que é quase sinônimo de humildade: José, o carpinteiro que trabalhou anonimamente para que Jesus de Nazaré um dia pudesse espalhar entre as nações a Sua Palavra. Mas sobretudo porque pergunta, porque indaga, aflita mas resignadamente: o que aconteceu? O que está acontecendo? O que vai acontecer?

A perplexidade brasileira está expressa nestas três palavras, que bem poderiam ser as palavras de um Cristo nativo. É a nossa perplexidade, a perplexidade que nos acompanha pelos séculos. A perplexidade dos índios diante dos brancos que lhe tomaram as terras; a perplexidade dos negros escravizados; a perplexidade dos pobres vendo seus filhos passando fome numa terra de riqueza quase obscena. A perplexidade do eleitor diante da falácia política, a perplexidade do honesto contribuinte diante da corrupção em altos escalões, a perplexidade do crédulo diante da mentira deslavada. É uma perplexidade que seria insuportável, não fosse essa outra instituição brasileira: a festa. O carnaval, o futebol, o comício. A festa que permite alegria, que permite o delírio, que permite — principalmente — o sonho. O sonho de um amanhã dourado, de abundância para todos sem nenhum sacrifício.

Nesta festa, Drummond, poeta autêntico, nunca quis entrar. Ele não fazia parte nem do Bloco dos Contentes, nem do Cordão dos Puxa-Sacos. Pode ter tido alguma ilusão em relação ao poder e à glória, mas dela se curou rapidamente. Nunca quis, por exemplo, entrar para a Academia Brasileira de Letras — e ajudou, com esta silenciosa atitude de coerente protesto, a desmascarar a aparente pompa de uma instituição arcaica, que várias vezes se curvou diante da vaidade dos poderosos do dia.

Não, na festa Drummond não entrou. Mas assistiu a seu fim, para dizer que a festa acabou, que a luz se apagou, que o povo sumiu, que a noite esfriou, que o dia não veio, que o bonde não veio, que o riso não veio, que não veio a utopia, que tudo acabou, que tudo fugiu, que tudo mofou. O que é isto? É o implacável anúncio de um frustrado? É o riso escarninho de um debochado? É o esgar de um sádico? Não. É o grito dorido de um homem que a lucidez não tornou insensível. Em nome dessa lucidez Drummond pergunta ao José que todos somos: e agora? Como os profetas bíblicos, seu brado visa sobretudo a despertar a nossa consciência. Não podemos ser alegres? Sejamos conscientes, pelo menos. Não nos perguntemos como o fizeram tantos cínicos líderes: que país é este? Busquemos uma resposta para esta pergunta. Não na lavra do ouro, não na biblioteca, não no terno de vidro. Não nas riquezas de Minas — que Minas não há mais: a morte de Tancredo, e agora a própria morte de Drummond, veio comprová-lo.

Só em nós mesmos podemos encontrar esta resposta. No José que todos somos, desde o José Sarney até o Zé da vila popular. É uma resposta que devemos a este país. É uma resposta que devemos a nós e a nossos filhos. É uma resposta que devemos a este gênio inesquecível que foi José — perdão, que foi Carlos Drummond de Andrade.

A bordo do divã

[17/08/1989]

O divã foi o barco no qual minha geração navegou pelo mar das ilusões perdidas. Depois que Nietzsche anunciou a morte de Deus, que Khruschov sepultou o stalinismo (hoje na cova mais funda da pré-história) e depois que a Redentora fez desabar o castelo de cartas que era o sonho socialista do Brasil, o que restava? Os consultórios se encheram de adolescentes (uma categoria que, conforme o caso, vai dos dezoito aos cinquenta anos) falando sobre seus sonhos e suas fantasias, suas fobias e frustrações. Reflexos, no baile porto-alegrense, deste fenômeno universal que é o triunfo da psicanálise.

Porque a psicanálise triunfou, sem dúvida. Emil Ludwig, escritor que detestava Freud, teve o desprazer de ouvir um mecânico falar em "recalque", a propósito de sua incapacidade de consertar um defeito do automóvel. Se até os mecânicos estão usando o jargão psicanalítico, perguntava-se o indignado Ludwig, que dizer da intelectualidade? Estava certo: a psicanálise foi definitivamente incorporada a nossa cultura. E o homem que foi ridicularizado na hipócrita Viena *fin de siècle* hoje é um dos gurus do pensamento ocidental. Uma posição que ocupa tanto por uma teoria que, mais que nenhuma outra, detecta o mal-estar em nossa civilização, como por sua extraordinária dimensão humana, sem a qual a criação da psicanálise não seria possível. Freud era um cientista, era um espírito sensível, era um homem ilustrado; mas era também um sábio. Velho e doente, teve de enfrentar a ameaça do nazismo, à qual, como judeu, dificilmente escaparia. Um arranjo foi feito com as autoridades do Terceiro Reich: ele poderia viajar para a Inglaterra desde que assinasse um documento dizendo que não tinha sido perseguido — o que era evidentemente mentira.

Mas Freud assinou esse documento. "Declaro que não fui perseguido pela polícia nazista", é o que diz. Ao que Sigmund acrescentou: "Pelo contrário, tenho o prazer de recomendá-la a todos".

Esta madura ironia o salvou. E teria salvado minha geração. Mas para isto, teríamos de ter sido todos Freud. Impossível. Mãe não é só uma? Freud também.

Uma vida entre os livros

[27/06/1988]

Todos nós, seus amigos, sabíamos que ele estava muito doente. Todos nós, seus amigos, sabíamos que uma noite o telefone haveria de tocar e que uma voz, do outro lado, diria: ele faleceu. Mas todos nós insistíamos em fugir desta realidade. Muitos nem conseguiram visitá-lo: queriam guardar a imagem que dele tinham na plenitude da saúde e da energia: um homem culto e inteligente, amável ainda que algumas vezes amargo. Maurício Rosenblatt antes de mais nada um cavalheiro. Um termo que hoje está um pouco em desuso: como *intelectual*, por exemplo. Como *homem de caráter*.

Mas Maurício era tudo isto: um cavalheiro, um homem de caráter, um intelectual. De sua paixão pelo livro não precisamos nem falar. Basta dizer que era impossível, neste país, mencionar a palavra *livro* sem evocar a figura de Maurício. Ao livro, à cultura, ele dedicou toda sua vida. Uma paixão inteiramente correspondida: aí está a Feira do Livro que ele criou a testemunhá-lo. Amo o livro, disse Maurício uma vez. Amo não apenas o livro pelo texto que contém: amo o objeto livro, amo o contato físico com o objeto, o cheiro do papel impresso. Uma paixão que só tinha equivalente na que ele devotava a seus familiares e amigos. A morte de Luiza, companheira de tantos anos, foi um baque violento demais. A partir daí iniciou-se o declínio que o levaria ao fim. E foi um triste fim, porque a doença sabe ser cruel com seres humanos. A doença não foi gentil com Maurício do modo que Maurício havia sido gentil com todos. A doença não tratou Maurício como ele tratava os livros.

Agora, se e quando entrarmos na casa da Protásio Alves, que se abria todas as noites de sábado aos amigos, não mais o encontraremos. Mas os livros estarão ali. E no espaço vazio diante daquela biblioteca que sintetizava sensibilidade, cultura, e sobretudo amor, uma figura se materializará. A figura de um homem pequeno e amável, de sorriso tímido e um pouco amargo. Cada vez que folhearmos um livro evocaremos o nosso Maurício Rosenblatt. É pouco. Isto, muito pouco. Mas é o que nós, seres humanos, podemos fazer diante da devastadora realidade de nossa finitude. Nos livros, buscamos refúgio e consolo. E nesta busca, o espírito de Maurício estará conosco.

A vida de uma operária

[24/04/1990]

O mundo do trabalho está povoado de figuras as mais diversas: teóricos como Marx e Engels, desesperados ativistas como Sacco e Vanzetti, utópicos como Owen e Saint-Simon, aguerridos sindicalistas como Samuel Gompers, mártires como Karl Liebknecht e Rosa Luxemburgo, sem falar dos milhões de seres anônimos que, dia após dia, século após século, construíram o caminho que nos trouxe da barbárie à civilização.

De todas estas figuras há uma que fascina pelo inusitado, pelo patético, pelo transcendente: é a de Simone Weil. Na sua curta (1909-43) existência, Simone Weil legou ao mundo experiências de tal intensidade, meditações de tal profundidade, que ainda hoje nos é difícil compreendê-la. Mas há uma razão para que a evoquemos nesta véspera do Dia do Trabalho — como já veremos.

Criada numa família de classe média (o pai, judeu alsaciano, era médico), Simone foi educada num ambiente acolhedor e sem traumas. Era bonita, inteligente; tudo indicava que seguiria o destino das "moças bem-comportadas" de Simone de Beauvoir. Mas então, sua trajetória política começa cedo: aos onze anos foge de casa para acompanhar uma manifestação grevista. O engajamento tem início ainda na universidade, onde cursava filosofia; junto com o irmão, matemático notável, lecionava para operários numa escola municipal. Simone de Beauvoir, que a conheceu então, conta: "Extravagantemente vestida, ela andava sempre com um número do *L'Humanité* no bolso... Consegui um dia me aproximar dela. Declarou que só uma coisa importava, a revolução que daria de comer a todos. Retorqui que o problema não era esse, mas sim encontrar um sentido para a existência humana. Atalhou-me: 'Vê-se bem que você nunca teve fome'".

E Simone Weil teria tido fome àquela época? Provavelmente não. Mas ela ansiava por compartilhar do sofrimento dos "pobres da terra" de quem fala José Martí. Designada como professora para uma cidade industrial, participava na atividade sindical do Loire, entrando para a CGT. Separa, de seu salário, uma pequena parte, correspondente ao que ganha um operário em greve. O resto vai para a causa: a imprensa obreira, as caixas de auxílio mútuo. Quando os mineiros vão reivindicar ao Conselho Municipal melhores condições de vida, Simone está entre eles. A imprensa fala, assombrada, desta professora de liceu que se coloca ao lado dos operários: "O que a judia Mlle. Weil, professora de filosofia, faz à frente de grevistas? Simples: Mlle. Weil é uma agente de Moscou". A direção da escola quer expulsá-la, mas um apelo dos pais dos alunos ao ministro mantém-na no posto. Mais tarde (1933) conhece Trótski, hóspede de seus pais, e trava com ele uma irada discussão: o Estado russo é ou não um Estado operário? Se é, por que sacrifica os trabalhadores? Em nome de um futuro distante?

Ela fala dos trabalhadores, mas acha que não conhece realmente sua vida. Para isto só vê um meio: torna-se, ela própria, uma operária na fábrica de automóveis Renault. E registrará sua experiência num *Diário da fábrica* onde, em meio a citações em grego, lista cuidadosamente os detalhes de sua faina quotidiana.

Está tudo ali, a rotina massacrante, a brutalidade do trabalho pesado. Que ela enfrenta com a esperança de eliminar seu lado burguês, de transformar-se numa proletária autêntica.

Não o conseguirá. Não tem sequer as condições físicas para tanto; e assim em 1935 deixa a Renault, com um réquiem por sua juventude: "Eu sabia que havia infelicidade no mundo, mas jamais tivera com ela um contato tão longo. Na fábrica, a desgraça alheia penetrou em minha carne e em minha alma. O que lá suportei me marcou de maneira duradoura: o estigma da escravidão".

Quando começa a Guerra Civil na Espanha, ela se alista num batalhão anarquista. Não pode, contudo, manejar uma arma: é tão míope que mal enxerga. E aí, um acidente grotesco encerra sua carreira de miliciana: na cozinha, onde trabalha, queima-se com óleo fervente e tem de voltar para casa. Mais tarde vem a aproximação ao cristianismo, e uma tentativa frustrada de participar na resistência contra os nazistas que haviam invadido a França. Não podendo, inicia uma greve de fome que lhe custará a vida. A manchete de um jornal inglês da época dizia: "Morte por desnutrição: curioso sacrifício de uma professora francesa".

Curiosa manchete, num curioso mundo. Curioso, e terrível, pela desapropriação entre a riqueza de uns poucos e a miséria de muitos, entre a amena existência de alguns e o atroz sofrimento de tantos. Entre estes tantos, ela destacou os trabalhadores: "Se a vocação do homem é atingir a alegria pura através da dor, ninguém melhor do que eles para consegui-lo". Que o diga o Brasil de 1990.

A poesia das coisas simples

[21/12/1990]

Todo mundo o conhecia como "o velho Braga"; e isto, acho, desde que ele era jovem jornalista. E já que ele sempre tinha sido "o velho Braga", esperava-se de Braga que ele ficasse sempre entre nós, mesmo velho. Mas não. Este nefasto ano de 1990 mostrou-se mais forte do que esta, e outras, ilusões, e levou-nos o homem que transformou a crônica, tradicionalmente vista como um gênero menor, numa categoria literária de importância neste país. Há quem julgue o jornal um veículo inadequado para a literatura; o livro, diz-se, tem permanência (mesmo que esta permanência por vezes só beneficie as traças) ao passo que o jornal é um objeto descartável: nada mais velho que o jornal de ontem, uma coisa que só serve para embrulhar peixe (o que, de novo, só era válido quando a saúde pública o permitia — e quando se podia comprar peixe). Braga, porém, nunca acreditou nesta lógica "macluhanesca". Preferiu seguir o caminho de Machado e de Lima Barreto, e transformou o cotidiano em matéria-prima para um trabalho literário de primeira grandeza. Em "O homem rouco": "O jornalista profissional Rubem Braga, filho de Francisco de Carvalho Braga, carteira 10 836 série 32ª, registrado sob o número 785, Livro II, Fls. 193, ergue a fatigada cabeça e inspira com certa força. Neste ar que inspira, entra-lhe pelo peito a vulgar realidade das coisas, e seus olhos já não contemplam sonhos longe, mas apenas um varal com uma camisa e um calção de banho e, ao fundo, o tanque de lavar roupas de seu estreito quintal, desta casa alugada em que ora lhe movem uma ação de despejo".

Assim era Braga: um homem que tratava as palavras com sensibilidade, com sabedoria e com maestria. Por isso era grande; não porque se desse importância. No Recife, Braga morou algum tempo na famosa pensão de dona Berta, mãe de Noel Nutels, notável sanitarista, já falecido. Um dia apareceu ali um camundongo. Foi uma correria; ao final, Braga liquidou o roedor com um grosso canudo de papelão. Eu sabia que isto ainda serviria para alguma coisa útil, disse, mostrando o conteúdo do canudo: era o seu diploma universitário.

Este homem amável, um pouco retraído, sabia ver poesia nas coisas simples. E a camisa que ficou ondulando ao vento, num varal de fundo de quintal, dá agora adeus a um de nossos maiores escritores.

A fragilidade do intelectual

[17/10/1992]

A nota no livro de ocorrências da Delegacia Policial de Petrópolis, Rio de Janeiro, é lacônica e fala de "...um casal de suicidas no prédio sito à rua Gonçalves Dias 34. Compareceram ao local os investigadores Luís Autran e Dihel Monteiro, verificando que se encontravam mortos, sobre o leito, o célebre escritor Stefan Zweig e sua mulher Elizabeth Zweig". Terminava assim em 23 de fevereiro de 1942, com uma "morte no paraíso", segundo a expressão de Alberto Dines, biógrafo de Zweig, a carreira de um dos mais famosos escritores deste século.

Stefan Zweig não foi propriamente um expoente da literatura. Não era um Thomas Mann ou um Kafka, apenas para ficar nos escritores que, como ele, usaram o idioma alemão; mas isto não impediu que alcançasse enorme sucesso, graças a uma obra diversificada — ensaio, teatro, biografia, romance, conto — e a um estilo que, sem deixar de lado a erudição, era contudo agradável e acessível ao grande público.

Nascido em 1881 em Viena, de uma abastada família de origem judaica, Zweig teve uma refinada educação e viveu o excitante clima da capital do Império Austro-Húngaro na virada do século. Foi um grande momento da cultura: pintores como Klimt e Kokoschka, compositores como Alban Berg, homens de letras como Joseph Roth, Arthur Schnitzler, Robert Musil, Hermann Broch e Hugo Von Hoffmanstahl, satiristas como Karl Kraus, isto sem falar em Sigmund Freud. Um mundo dourado, que a Primeira Guerra Mundial destruiu.

Zweig foi dos que se salvou. Este homem amável e um pouco ingênuo tinha uma grande capacidade de trabalho, um faro para temas interessantes e uma excelente capacidade de se relacionar com pessoas. Os livros foram aparecendo e se transformando em best-sellers: *Vinte e quatro horas na vida de uma mulher*, *Amok*, *Coração inquieto*, *Maria Antonieta*... Mas a tragédia já estava a caminho: a frágil República de Weimar não resistiria à fúria nazista. Como muitos outros, Zweig se enganou quase até o fim. Relutava em abandonar seu berço intelectual. Por fim o fez, dirigindo-se primeiro para a Inglaterra, com Elizabeth (Lotte), sua segunda mulher, e depois para o Brasil.

Aqui chegou em pleno Estado Novo, que sob certos aspectos lembrava, ominosamente, o nazifascismo. Mas Zweig não precisava se preocupar; tinha no Brasil muitos amigos, entre eles o editor Abrahão Koogan. A recepção foi cálida, quando não entusiasta. E na tranquila cidade de Petrópolis, com seu ar europeu, ele poderia encontrar refúgio para prosseguir no trabalho. De fato, chegou a escrever um grato e admirado *Brasil, país do futuro*, mas mesmo aqui alcançou-o o longo braço do terror nazista.

No começo de 1942 o Eixo estava prestes a conquistar o mundo. Vitórias dos alemães e italianos no norte da África, vitórias dos japoneses no Índico; e, ainda mais assustador, navios brasileiros afundados no Atlântico. A época era de carnaval e a alegria popular contrastava com o sombrio desespero dos Zweig. Com germânica organização, Zweig pôs em ordem seus negócios, escreveu as últimas cartas (pedindo providências que não veria cumpridas), redigiu um comovido agradecimento aos amigos e ao Brasil. Foi com Lotte a uma confeitaria de Petrópolis. E à noite suicidaram-se.

Este gesto extremo teve, como seria de esperar, grande repercussão. Não foram poucos os que se recusaram a aceitá-lo. Georges Bernanos: "A humanidade pode prescindir de Stefan Zweig, como de qualquer outro escritor, mas não pode, sem amargura, ver reduzir-se o número dos que se recusam a consentir na injustiça". Thomas Mann, Emil Ludwig e Hannah Arendt fizeram coro a esta censura. O mesmo aconteceu com intelectuais brasileiros, com poucas exceções como a de Rubem Braga.

Mas Zweig não foi o único a sucumbir ao desespero. Impressiona o número de seus contemporâneos que, precocemente ou não, puseram fim à vida, sobretudo entre os perseguidos por serem judeus. Walter Benjamin, prestes a sair da França invadida para a Espanha, matou-se quando lhe anunciaram, falsamente, que a fronteira fora fechada e não mais abriria. Paul Celan suicidou-se logo depois da guerra; Primo Levi, Arthur Koestler, Bruno Bettelheim já bem depois, quando tinham a depressão agravada pela velhice.

Tudo isto remete, ao fim e ao cabo, ao desamparo do intelectual, à debilidade de seu instrumento de luta — a palavra — quando comparado a tanques, mísseis e aviões: a curto prazo, ao menos, a brutalidade parece prevalecer. Mas há, entre intelectuais, aqueles que parecem ter uma inata capacidade para sobreviver sob o totalitarismo. Isaac Bábel, notável escritor, morreu num campo de concentração stalinista; mas Iliá Ehrenburg, que não tinha a metade de seu talento literário, soube evoluir com desenvoltura naquele clima de opressão, conseguindo inclusive um cargo na França. Jorge Amado foi outro que saltou a tempo do barco. Aliás, Jorge, exilado no Uruguai, escreveu um artigo condenando o suicídio de Zweig, do qual depois se arrependeu: "Sectário, claro. Todo o drama humano do escritor e de sua mulher escapou à minha visão, limitada pelas contingências da época".

Os intelectuais tiveram seu momento de glória na Paris do Caso Dreyfus. Émile Zola, Marcel Proust e outros tomaram posição firme no que era claramente um processo antissemita contra um oficial do governo francês acusado de traição. Mas desde então a cultura passou a dar cada vez mais lugar à especialização; inteligência já não é o característico de um grupo, não serve como credencial. No entanto, a própria fragilidade do intelectual é a sua força. Sua capacidade de não aderir, de ficar à margem do fluxo e contrafluxo da História, lhe dá uma posição ímpar. Que ele tenha de pagar com a vida esta isenção é uma tragédia, mas de tragédias nenhum de nós está livre. E o intelectual pelo menos tem o direito àquilo que o próprio Zweig resumiu na expressão com que encerra uma de suas biografias: "A recordação maravilhada da posteridade".

Um cavalheiro da literatura

[01/02/1997]

Há pessoas que toleram mal as homenagens. Seja por timidez, seja por estes obscuros mecanismos pelos quais a culpa triunfa dentro de nós, o fato é que não são poucos os que fogem às celebrações. Neste dia 26, Antonio Callado completou oitenta anos. Numa entrevista à *Folha de S. Paulo*, disse que ser octogenário era um horror (lembrem o Kurtz de Joseph Conrad em *The heart of darkness*: "O horror, o horror"). Era mais que um desafio; era o gemido existencial de um homem idoso, doente, cuja vida conheceu não poucas atribulações, incluindo a prisão política. Deste horror, e das homenagens, Callado escapou da maneira mais fácil: morreu.

A notícia, ainda que não de todo inesperada, foi um baque. Mantive com o grande escritor brasileiro uma relação de amizade que foi curta, mas intensa. Até há uns anos, só o conhecia por fotos. Mesmo à distância, porém, era grande minha admiração por uma figura que, para minha geração, era quase lendária. Tomei conhecimento de sua obra (começando, como muitos, por *Quarup*, de 1967) à época da ditadura. Escrever era então um legítimo ato de resistência, algo que os leitores mais jovens hoje têm dificuldade de entender. A ameaça da censura — quando não da prisão e da tortura — estava constantemente presente no cotidiano dos intelectuais. Callado estava na linha de frente na luta contra a ditadura. Obras como *Bar Don Juan* (1971) e *Reflexos do baile* (1977) faziam parte do equipamento de sobrevivência na selva da opressão, junto com a poesia de Ferreira Gullar, a música de Chico Buarque, o teatro de Millôr, o humor do *Pasquim*. Mas havia uma diferença entre a literatura de Callado e outras manifestações de protesto. Mesmo pertencente à estirpe dos escritores engajados, a sua literatura nada tinha de panfletária. Ao contrário, era contida e elegante. Mergulhava na exploração da condição humana, o que também não era comum entre os escritores que, presos a uma causa, buscavam na estereotipia dos personagens a fórmula para mostrar a luta entre esquerda e direita (ou entre o bem e o mal, entre ricos e pobres).

Finalmente, conheci-o pessoalmente. Foi na Alemanha, para onde tínhamos sido convidados, junto com Antônio Torres e Silviano Santiago. Percorreríamos várias cidades mas começamos nos reunindo na aristocrática Bad Homburg, perto de Frankfurt. Nesta antiga estação de águas, frequentada no passado pela nobreza germânica, mora Ray-Güde Mertin, doutora em literatura, agente literária de vários escritores brasileiros e, mais que isto, uma incansável divulgadora da cultura de nosso país (já foi entrevistada por *Zero Hora* mais de uma vez). Ray-Güde tinha, com extraordinário esforço, organizado todo o programa de visitas. Mais que isto, hospedou-nos em sua confortável casa. Ali passei momentos de agradável convívio com Callado e com Ana Arruda, a talentosa jornalista que é sua companheira de sempre.

(Companheira era um termo que os velhos comunistas usavam e que merece ser reabilitado. Refere-se a uma união mais profunda do que o casamento comum, porque feita de emoções e ao mesmo tempo de ideias.)

Era suficiente estar perto de Callado e Ana para dar-se conta dos invisíveis laços que os uniam. Juntos, eles criavam uma cálida atmosfera, tão cálida quanto a da aquecida casa, e na qual invisivelmente nos víamos envolvidos. Conversávamos muito. Já não lembro sobre o quê — vários anos se passaram desde então —, mas lembro perfeitamente dos dois juntos, caminhando pelas ruas de braços dados.

O que mais me impressionou em Callado foi a elegância. A elegância com que vestia, a elegância de seu bigode e costeletas, a elegância de sua postura, a elegância com que falava, sempre num tom baixo, quase um sussurro. A imagem que imediatamente me ocorreu foi a de um *gentleman*, uma imagem que se reforçou quando soube que ele tinha passado alguns anos na Inglaterra (trabalhou de 1941 a 1947 na BBC). Mas era, ao mesmo tempo, uma imagem paradoxal. Pode um homem de esquerda ser um *gentleman* ao estilo inglês?

Pode. Eu não vou lembrar aqui Bertrand Russell, que era de família nobre mas participou em várias demonstrações no auge da guerra fria; afinal, ele era considerado um excêntrico. Mas a altivez do *gentleman*, o seu refinamento, a sua sensibilidade podem resultar em profunda revolta diante de injustas estruturas sociais. Arthur Koestler, que escreveu muita bobagem, mas que era um ficcionista arguto, criou, em *Ladrões na noite*, um personagem que se torna revolucionário exatamente porque, sendo de condição aristocrática, odeia a miséria. Se os pobres fossem como aqueles seres angelicais que Dickens descreve, diz ele, não haveria por que terminar com a pobreza. Mas os pobres são sujos e brutais, bebem e batem nas mulheres — é por isso que é preciso livrá-los da miséria. Exatamente porque não tem os preconceitos burgueses, o aristocrata pode se colocar nas barricadas ao lado dos oprimidos.

Não foram poucos os intelectuais brasileiros que, pessoas sofisticadas embora, optaram pela militância política. A sofisticação de Callado estava presente em cada texto que escreveu, inclusive os jornalísticos. Correspondiam inteiramente ao ensaio tal como concebido por denominação criada por Montaigne (não é por nada que um dos livros de Callado tem como título *A Expedição Montaigne*). Modesto, este nobre que se refugiou em seu castelo optando pelo ascético prazer do intelecto não via em sua obra mais do que uma honesta tentativa ("leitor, este é um livro de boa-fé") de chegar à verdade. Por trás desta aparência simples, contudo, esconde-se um vasto conhecimento e uma não menor sabedoria. Falando de canibais ou de pulgas, do medo ou da moda, Montaigne se revela um profundo conhecedor da natureza humana.

Como Montaigne, Callado era um homem de enorme cultura (será preciso lembrar que foi redator-chefe da *Enciclopédia Barsa*?). Como Montaigne, ele era capaz de abordar, com elegante precisão, uma variedade de temas, era capaz de citar uma variedade de autores. Mas ele nunca se refugiou numa torre de marfim; jamais perdeu de vista a realidade de nosso país. Sofisticação, sim; mas militância também. Falando de índios ou de revolucionários, Callado manifestava a crença num futuro melhor para o país. A doença levou o homem, mas não levará a sua obra. Uma obra na qual um cavalheiro indignava-se com a injustiça — mas com aquela elegância que só os cavalheiros sabem ter.

O analista do Brasil

[23/03/1997]

Quando o Verissimo e eu éramos jovens, um cataclismo ocorrido mais ou menos à época do Pleistoceno, havia um cartum chamado "O Outro Eu do Comendador Ventura". O Comendador Ventura era um personagem circunspecto, um aristocrata de fraque e cartola; mas o seu outro eu, que o artista fazia brotar no último quadro, dizia tudo que o Comendador ocultava. Isto dito, peguem este senhor calvo que é o pai da Família Brasil. Durante os últimos meses nós o acompanhamos na praia, às voltas com um dilema hamletiano: deveria ou não puxar o cordão do biquíni da jovem que está à beira-mar?

É um conflito tanto mais sério por duas razões: primeiro, a bela sequer suspeita que o provecto senhor seja capaz de um ato tresloucado. Depois, digamos que o pobre homem crie coragem e puxe o fatídico cordão (um gesto para ele equivalente ao de apertar aquele famoso botão nuclear). O que fará, diante da esplêndida visão? Tentará, desajeitadamente, um ataque sexual? Terá um infarto? Fugirá? Em suma, Verissimo captou, em poucos traços e com muito humor, a condição, e os conflitos, do sexagenário brasileiro.

Não é de hoje que Verissimo é o grande intérprete do Brasil. Mas a maneira como chegou lá foi das mais surpreendentes. Começou aqui em *ZH* escrevendo sobre culinária (uma paixão, hoje reconheço, mais adequada aos provectos). Seus comentários não eram assinados, mas todo mundo se deu conta de que um fenômeno inusitado estava acontecendo: sob comentários anônimos e despretensiosos escondia-se um talento descomunal. Daí para a coluna assinada foi um passo e para conquistar o país só mais outro passo.

Esta carreira fantástica ensina, a propósito, uma grande lição. Verissimo se tornou o que é não por ter se dedicado a uma "carreira". Ele tinha o exemplo do pai, claro, e teve oportunidades que nem todos têm (viveu nos Estados Unidos, o que sempre dá à pessoa uma perspectiva diferente do Brasil) mas basicamente chegou aonde chegou graças a uma enorme coerência e a uma não menor honestidade intelectual. Quando todo mundo ainda se deleitava com o Plano Real, ele foi o primeiro a apontar as contradições do governo Fernando Henrique, contradições que hoje são visíveis para todos (e reconhecidas até por Paulo Francis).

As crônicas de Verissimo, suas histórias da vida privada, seu cartum, tudo isto compõe o quadro mais completo que alguém já traçou de nosso país. Mais que o criador do analista de Bagé, ele é o analista do Brasil. Colocou-nos a todos num imenso divã e transforma nossas fantasias em arte. A um preço muito menor que os dos analistas de consultório.

E apesar de tudo Verissimo continua um homem simples. É quieto porque é quieto mesmo, não porque se recuse a dar declarações. É um grande marido (o que não é difícil, quando a esposa é a Lúcia), um grande pai da Fernanda, da Mariana, do Pedro, um filho, um grande filho para a Mafalda, um grande amigo para os seus muitos amigos. Como Erico, é fiel à sua cidade; poderia morar no Rio ou mesmo em Nova York — o tipo de trabalho que faz não perderia nada com isto — mas não, prefere continuar na Felipe de Oliveira, uma casa que, desde os tempos do Erico, é acolhedora.

É verdade que Verissimo gosta de viajar; aliás, graças às suas viagens tornei-me um cronista diário *malgré moi*, uma tarefa da qual fui encarregado pelo Lauro Schirmer e que me precipitou num estado de terror existencial raramente sentido. Mas aí me lembrei da história do homem que levou a um empresário de diversões um cachorro que, segundo ele, cantava. O empresário duvidou e, então a um comando do dono, o cão entoou "Una furtiva lagrima" de forma arrebatadora. Maravilha, gritou o empresário, entusiasmado, como é que o senhor conseguiu isto? Aí o homem explicou: na verdade, o cão não canta, ele só imita o Caruso.

Durante o tempo em que imitei o Verissimo, me senti imensamente feliz. Não era por causa do espaço no jornal, era por causa do Luis Fernando, era por causa de sua aura magicamente afetiva, e da qual continuo a partilhar. Agora, Verissimo fez sessenta anos. Não me resta outro caminho senão imitá-lo. Só espero tornar-me o esplêndido sexagenário que ele é.

Um grande escritor e um grande homem

[09/04/1997]

Um grande escritor não precisa ser necessariamente uma grande pessoa. Ao contrário: frequentemente grandes escritores não passam de patifes. O nazista Céline, o traficante de armas Rimbaud, o ladrão Genet são alguns exemplos. Mais: para alguns escritores safadeza é parte inevitável (ou desejável) do ofício. Faulkner dizia que, se os grandes ficcionistas pudessem, sacrificariam até as mães em troca da perfeição literária. E acrescentava: "Um belo texto vale qualquer número de velhinhas imoladas".

José Saramago, com quem tenho convivido breve mas intensamente, é um grande escritor — e um grande ser humano, um homem generoso, capaz de abraçar com entusiasmo a causa da justiça e de abraçar com afeto as pessoas. Isto todo o mundo sabe, mas gostaria de dar aqui um depoimento pessoal que servirá de modesto exemplo.

Há uns anos fui convidado pela TV Cultura, de São Paulo, para um debate via satélite com José Saramago, num programa destinado a promover intercâmbio cultural entre Portugal e o Brasil. No dia marcado, um domingo, apresentei-me no estúdio da emissora. A produtora cumprimentou-me e perguntou-se pelo livro. Espantei-me: que livro? Fiquei então sabendo que deveria ter trazido um livro meu para mostrar no programa, o que era indispensável. Só que ninguém tinha me avisado. E conseguir um livro naquele momento era absolutamente impossível.

Do outro lado do Atlântico que tantas vezes serviu de cenário para sua literatura, sentado no estúdio da tevê portuguesa, José Saramago ouviu a discussão. "Mas eu tenho um livro do Scliar", disse. De fato: ele havia levado para a gravação a edição portuguesa de *O centauro no jardim*. O que nós, no Brasil, não fizéramos, ele providenciara. Movido pela simples consideração. Pela simples generosidade.

Não lembro mais o programa. Mas lembro da gentileza de Saramago. Um grande escritor que é um grande homem.

Olhar melancólico

[29/04/1997]

Como Clarice Lispector e Noel Nutels, Lasar Segall (1890-1957) era judeu russo. Como Clarice e como Noel, fez do Brasil a sua pátria. Clarice escreveu algumas das mais belas páginas de nossa literatura. Noel, médico, dedicou a vida a cuidar dos índios. Segall fixou em pinturas e gravuras as cenas que seu olhar melancólico captou do país onde refez a vida.

Quando chegou a São Paulo, Segall já era um artista consagrado. Discípulo de Max Liebermann e Lovis Corinth (que estão sendo redescobertos nos Estados Unidos: duas exposições, uma em Nova York, outra em Los Angeles, mostram suas obras), ligou-se ao movimento expressionista, que conjugava o engajamento político com uma sombria visão da sociedade burguesa. Porto Alegre, é bom lembrar, teve um notável grupo de artistas expressionistas ilustrando os livros da Editora Globo — entre eles João Fahrion, que dá o nome à galeria onde estão expostas as obras de Segall. Coube a Segall introduzir no expressionismo as vivas cores do Brasil tropical. Mas ele nunca foi um artista oba-oba, nunca aderiu ao bloco dos contentes. O seu olhar de imigrante permitia-lhe ver, com pungente acuidade, os aspectos mais deprimentes de um país em que a pobreza da população contrasta com a riqueza natural. Ali está a miséria, ali está a prostituição do mangue. Segall não podia libertar-se das memórias da guerra e dos *pogroms*. Demonstram-no os títulos de seus quadros: *Interior de indigentes*, *A família enferma*, *Rua de erradias*.

A melancolia de Segall é a melancolia de nosso século, marcado por dois conflitos bélicos, por guerras étnicas, pela desilusão com o comunismo. Mas o que predomina, ao fim e ao cabo, é a grandeza de sua arte. Que deslumbra e comove a um tempo.

A grande tarefa de nosso tempo

[21/06/1997]

Este 22 de junho assinala o centenário de nascimento de um dos sociólogos mais originais de nosso tempo: Norbert Elias. Nascido em Breslau, de uma rica família judia, Elias não estava, de início, destinado à sociologia: estudou medicina, doutorou-se em filosofia. Só depois de encontrar Karl Mannheim, em Heidelberg, decidiu-se pela área de ciências sociais. Sua obra é relativamente pequena, e demorou a ser reconhecida, mas entre seus livros estão clássicos como *O processo civilizador* (1939) e *A sociedade de Corte* (1983). Pouco antes de falecer, em 1990, Elias escreveu um ensaio autobiográfico, chamado *Reflexões sobre uma vida*, que foi publicado precedido de longa entrevista. Nesta entrevista, Elias fala sobre sua vida, a perseguição que sofreu durante o regime nazista, e suas ideias sobre a sociedade. E aí aborda um tópico que vem sendo objeto de uma controvérsia cada vez mais acentuada: a relação entre biologia e sociologia.

Não é uma relação pacífica, diga-se desde logo. As duas áreas do conhecimento são, de certa forma, produtos da modernidade. É claro que o pensamento biológico é muito antigo —

Aristóteles escreveu longamente sobre o tema —, mas foi com Charles Darwin que a biologia tomou impulso, a ponto de ser caracterizada quase como destino. Da mesma forma, pensar a sociedade vem de muito tempo, mas foi só a partir do século XIX que este pensar adquiriu caráter de ciência.

É interessante observar como variaram, na bolsa das ideias, as cotações do pensamento biológico e sociológico. Darwin foi saudado, por Marx inclusive, como inovador e progressista. De fato, a concepção da evolução contrariava frontalmente o criacionismo religioso e provocou a ira conservadora, neste século inclusive. Depois as coisas mudaram. O capitalismo incorporou a tese darwiniana da sobrevivência do mais apto; a extrema direita europeia foi mais além e apegou-se ao conceito pseudobiológico de raça para transformá-lo numa ideologia de extermínio. Menos sanguinário, mas nem por isto menos controverso, o biólogo americano Edward O. Wilson criou uma disciplina chamada sociobiologia (cujos fundamentos se encontram em sua obra *Sociobiology: The new synthesis*, 1975) que pretende conferir base biológica a todo comportamento social, que seria geneticamente determinado. Este tipo de raciocínio, associado ao debate sobre o QI — a inteligência também teria distribuição diferente segundo os grupos humanos — reacendeu a polêmica, num momento em que a biologia registra êxitos impressionantes. Um exemplo é a engenharia genética; outro são as descobertas referentes à neuroquímica cerebral, que mudaram o eixo do tratamento psiquiátrico para as drogas, e, para alguns, condenando a psicanálise ao limbo.

Se fosse vivo, Elias teria uma boa contribuição a dar nesta área. Exatamente porque não se achava preso a escola alguma, a seita alguma, ele podia examinar a questão com mais isenção. Além disto, havia o fato de ter sido estudante de medicina, familiarizado pois ao menos com as estruturas orgânicas e seu funcionamento. No seu ensaio autobiográfico, diz: "Os sistemas sociais são, em substância, diferentes dos sistemas biológicos. No entanto, a experiência que adquiri trabalhando com estes últimos ajudou-me a entender os primeiros. Preservou-me de um diagnóstico social deturpado pelo preconceito ou por idealizações políticas". Poderia Edward O. Wilson dizer o mesmo? Pouco provável. A síntese não depende só do conhecimento, nem mesmo da experiência; depende de algo mais profundo, que podemos chamar sabedoria, a sabedoria que permitiu a Norbert Elias dizer na entrevista: "A grande tarefa de nosso tempo consiste em evitar a mentira".

Menos mágicos, mais realistas

[17/08/1997]

Não foi o anjo da guarda que guiou os primeiros passos de minha geração literária, foi o anjo de García Márquez. E como era este anjo? Esqueci o nome do conto em que era mencionado, mas estava longe de ser um querubim rechonchudo. Tratava-se de um anjo velho, desdentado, com as asas cheias de piolhos, um anjo que cai do céu numa aldeia colombiana e é aprisionado em um galinheiro, onde a população vai visitá-lo — pagando ingresso, naturalmente.

O realismo fantástico nos fascinou de imediato. Em primeiro lugar porque permitia livres voos da imaginação; depois, porque era uma resposta irônica e, não raro, corrosiva ao clima de repressão então vigente na América Latina: Kafka mais gozação subdesenvolvida, o que parecia uma fórmula imbatível. Logo estávamos povoando nossa ficção com os mais diversos seres alados. Mas o mestre indiscutível desta arte era mesmo García Márquez. Na década de 70, seus livros estavam em todas as livrarias da Europa, uma consagração que o Prêmio Nobel veio apenas referendar. Na esteira de seu sucesso vários escritores conquistaram o público internacional: Vargas Llosa, Julio Cortázar e até mesmo Borges, criador de um suprarrealismo muito peculiar, intelectualizado e filosófico, mas nem por isto despido de humor. Todas estas obras vieram a constituir o chamado "boom" latino-americano. A literatura do continente passou a ser sinônimo de realismo mágico. O seu duplo componente era irresistível; de um lado, o exotismo, que já tinha popularizado a obra de Jorge Amado (e que foi obrigado, ele também, a aderir à nova onda); de outro, o engajamento político, do qual Gabo era o maior exemplo. Não apenas defendia a Cuba de Fidel Castro, como passou a residir lá parte do ano, dando aulas na escola nacional de cinema do país. No Brasil, a sua obra foi revelada ao público pela desaparecida Editora do Autor, fundada por Rubem Braga e Fernando Sabino. Foi uma verdadeira revelação, e um êxito instantâneo — graças também às excelentes traduções (as últimas a cargo de Eric Nepomuceno, amigo de Gabo).

O tempo passou e a situação mudou. As ditaduras do continente foram caindo uma a uma; seu esquema de sustentação era arcaico demais para subsistir. Em termos políticos, a ditadura tinha um mérito: unificava todas as formas de oposição, todas as formas de contestação. A queda dos governos ditatoriais criou um vácuo político e cultural, no qual precipitaram-se o cinema novo e os festivais da MPB, o tropicalismo e os jornais alternativos tipo *O Pasquim*, o teatro do oprimido de Augusto Boal, e o realismo fantástico. De repente, a América Latina já não era mais a região exótica do globo; era, isto sim, um reduto de mão de obra barata pronto a ser incorporado na economia globalizada. As fábricas de imaginário foram substituídas pelas fábricas maquiladoras que surgiram como cogumelos na fronteira entre México e Estados Unidos. A Colômbia parou de exportar sonhos literários para exportar os sonhos — os pesadelos — da coca. O último livro de García Márquez, *Notícias de um sequestro*, que trata justamente do narcotráfico, já não é ficção, mas sim reportagem — ele voltou aos seus tempos de jornalista.

Há alguns anos encontrei García Márquez num encontro de literatura em Aix-en-Provence, na França. Um homem simpático, muito simples, espantosamente popular. Cada vez que entrava no saguão do auditório onde se realizavam as sessões, era acompanhado por um verdadeiro exército de jornalistas e fotógrafos. Entrevistá-lo, a propósito, não é uma tarefa fácil, nem barata: para uma grande rede de televisão, uma exclusiva podia custar, segundo me disse (em tom queixoso) um jornalista da Globo, 30 mil dólares. Para quem escreveu seu livro atolado em dívidas, não está mal. A verdade é que a fama às vezes cansa — e a pobreza cansa muito mais. García Márquez provavelmente estava se defendendo das duas coisas.

No que não está sozinho. América Latina tenta ser menos fantástica e mais realista — não por acaso, a nossa atual moeda chama-se real. O imaginário já não é produção local; é importado, sob a forma dos efeitos especiais que recheiam os filmes americanos. O anjo de García Márquez foi expulso do galinheiro, agora transformado numa indústria de frangos de exportação. Menos riqueza espiritual, mais divisas na balança de pagamentos. Melhorou? Você decide.

O tríplice Cyro Martins

[08/08/1998]

Fui leitor do dr. Cyro Martins. Fui paciente do dr. Cyro Martins. Fui amigo do dr. Cyro Martins. Três situações que alargaram minha visão como pessoa, três situações que deixaram saudade. Dou-me conta agora, evocando essa figura que a tantos marcou, de como, em Cyro Martins (ou no dr. Cyro, como quase todos o chamavam), as três condições misturavam-se de forma íntima. Cyro, escritor, era também o Cyro amigo e o Cyro terapeuta. Sua literatura, sempre realista e por vezes abordando uma sombria conjuntura, era, no entanto, amável. Amável ele era também com as pessoas que conhecia. E amável era como terapeuta.

O que merece uma elaboração. Cyro Martins foi um dos pioneiros da psicanálise no Rio Grande do Sul (vale dizer, no Brasil) numa época em que a prática psicanalítica era eminentemente freudiana, ortodoxamente freudiana. A neutralidade do terapeuta era uma das exigências mais rigorosas desta postura. Durante as sessões, os analistas mantinham-se distantes, imperturbáveis.

Meu tratamento com o dr. Cyro era em grupo (mas ele

atendia também pacientes individuais). De início, a psicanálise não contemplara esta possibilidade, terapia em grupo era coisa que Freud não fazia. Mas as investigações da dinâmica de grupo e, possivelmente, a necessidade de democratizar o tratamento — muito caro e, portanto, elitista — fizeram desenvolver esta possibilidade que, imagino, não desagradava ao passado esquerdista do dr. Cyro.

O tratamento em grupo estava longe de ser uma conversa amena. Conflitos estalavam, às vezes de forma súbita. Foi durante o tratamento, por exemplo, que descobri — para meu horror — uma tendência racista que julgava incompatível com a minha ascendência judaica. Mas era assim. As surpresas se sucediam, raramente agradáveis — mas sempre reveladoras.

Lembro o dr. Cyro nessas sessões. E lembro-o amável. Nada fazia desaparecer o discreto, terno sorriso que exibia sempre. Era uma perfeita figura paterna, ele. E era mais que um médico: era um sábio, alguém que conhecia a vida não por ter lido a respeito, não por ter sido treinado para enfrentar problemas da existência alheia, mas por ter elaborado dentro de si mesmo profundas experiências vitais. Às vezes, em plena sessão, contava uma historinha qualquer. Lembro uma delas, algo sobre um homem que, perturbado, o perseguia nas ruas, gritando em altos brados. E o senhor, o que fez, perguntamos. Ele sorriu:

— Eu olhava para o pessoal e fazia sinal de que o cara era maluco.

Pode ter coisa mais heterodoxa? Acho que não. Mas o sábio dr. Cyro sabia dosar estas intervenções de modo a não comprometer o resultado do tratamento que — ao menos naquele grupo e ao menos do meu ponto de vista — foi muito bom. E, ao recordar o incidente, me dou conta de que evidenciava as três condições a que me referi antes. Ali estava o Cyro terapeuta, ali estava o Cyro amigo, e ali estava também o Cyro escritor — pois o que é o escritor senão um contador de histórias? E o que é o terapeuta senão alguém que usa as histórias contadas pelo paciente como fio condutor para ajudar este mesmo paciente a encontrar sua verdade interior?

Há muitas afinidades entre psicanálise e literatura. Freud, sempre citado (os psicanalistas não conseguem redigir um texto sem invocar o santo nome), era um ávido leitor e um bom escritor. Não poucas vezes ele foi buscar na literatura situações para ilustrar suas ideias. A própria investigação psicanalítica tem muito a ver com o processo de criação literária; a associação de ideias desempenha aí um papel fundamental.

Finalmente, como a literatura, a psicanálise valoriza o uso da palavra. Em nenhuma outra forma de tratamento esta desempenha um papel tão fundamental. Um único termo (ou a distorção do mesmo, no caso do lapso) pode ser o ponto de partida para a elaboração que culminará com a descoberta de conflitos ocultos.

Tudo isto, todo este trabalho, Cyro fazia com satisfação e prazer. Se o general no labirinto de que fala García Márquez era uma imagem de sofrimento, Cyro Martins percorria os labirintos da neurose, e da criação, e do convívio humano com a desenvoltura com que o víamos, muitas vezes, passear à beira-mar na praia de Atlântida. Uma imagem que ficará. Uma lembrança que ficará.

O sentido do movimento

[18/07/1999]

Morreu no final da semana passada o homem que fez da reforma agrária a sua bandeira de luta. O octogenário Francisco Julião faleceu quietamente no México, onde morava há muitos anos. As Ligas Camponesas, por ele fundadas, são hoje uma lembrança histórica.

Uma pergunta que se poderia fazer é: por que o Movimento dos Sem-Terra, o MST, tem mais repercussão do que as Ligas Camponesas? Claro, as circunstâncias são diferentes, mas quero me deter num detalhe: os nomes.

Liga Camponesa é uma expressão que deve ter saído dos antigos manuais comunistas, como, aliás, Liga dos Comunistas. "Liga" não é um termo muito usual; "camponesa" muito menos. Os bolcheviques falavam da união entre operários e camponeses, mas um homem do campo, no Brasil, jamais se autodenominaria "camponês". Os stalinistas tinham dessas coisas. Quando o Comintern, em Moscou, decidiu que, no Brasil, à semelhança de outros países latino-americanos, a luta final se travaria entre brancos e índios, os pobres militantes iam para o centro do Rio de

Janeiro gritar, em praça pública, índios, rebelai-vos contra os brancos.

Movimento dos Sem-Terra é outra coisa. "Sem-terra", como "sem-teto", é uma expressão que fala por si. Mas o importante, no meu modo de ver, é a palavra movimento. Exatamente por isso, porque diz que algo está se movendo, que não está parado, que está rumando para um objetivo. Por coincidência, no mesmo dia em que era anunciada a morte de Julião, o GNT reprisou o esplêndido documentário sobre a Coluna Prestes. Ali está o velho líder, dizendo que guerra civil, no Brasil, teria que ser guerra de movimento. E, de fato, é incrível o deslocamento da Coluna: milhares de quilômetros no coração do Brasil, idas e vindas aparentemente sem propósito, mas que tinham como objetivo declarado mobilizar a opinião pública. Eliane Brum mostrou, em livro, as barbaridades cometidas nesse trajeto: roubo, estupro, crime; mas tudo isto se perdia no rastro da Coluna.

O movimento dá, aos seus membros, algo que é decisivo, sobretudo no mundo em que vivemos: o sentido de pertencer (de "pertenença", palavra que talvez não exista, mas que deveria existir), de partilhar ideais, de viver uma existência em comum, de avançar, junto com outros, para um ideal. É claro que, sob essa denominação, pode-se ir desde a extrema esquerda até a extrema direita. No perigoso clima social e econômico em que vivemos, com pessoas sentindo-se cada vez mais marginalizadas, isoladas, abandonadas, o termo "movimento" adquire um significado transcendente. É esse significado que precisa ser entendido. E entendido com urgência, porque não entender, aí, significa tragédia social.

Réquiem para um contador de histórias

[23/07/2000]

O inverno gaúcho levou José Scliar, 92 anos, imigrante judeu russo, pai de família, cruzeirista fanático, grande lutador e, acima de tudo, grande contador de histórias. Era uma coisa que todos admiravam nele, sua extraordinária habilidade de contar, com muitos enfeites, uma boa história. Aliás, não só ele; minha mãe, que era professora, também tinha essa mesma vocação, desenvolvida ao longo dos anos nas noites do Bom Fim quando, reunidos na casa de alguém, ou sentados em cadeiras na calçada (sim, houve uma época em que dava para ficar na rua à noite sem susto), narravam histórias: a vida na Europa, a viagem para o Brasil, a descoberta desse país onde tudo era surpresa. Mas, notem: o tema das histórias na verdade era pouco importante. O importante era o próprio ato de narrar, que os remetia a esse antigo costume judaico, do qual a própria Bíblia dá testemunho. Podemos ler o Antigo Testamento como um texto religioso ou moral; mas, também podemos tê-lo como uma esplêndida coleção de narrativas escritas com mão de mestre por autores desconhecidos — quem sabe até uma mulher, na hipótese de Harold Bloom.

Meu pai não era religioso, não lia a Bíblia; mesmo assim, notava-se que contar histórias era nele uma coisa inata, que brotava com imensa facilidade, como aquelas histórias de Scheraza-de. Com algumas peculiaridades, naturalmente. A certa altura da vida, ele começou a esquecer determinados detalhes. Com isso, a narrativa tornava-se cheia de reticências: "Certa ocasião, eu estava viajando lá perto de... Ali, naquele lugar onde mora o... Aquele, que era casado com a... Aquela senhora que tinha uma loja de...". Essa sequência de interrupções, que poderia parecer aflitiva, não o era: continha dezenas, centenas de histórias em potencial. Histórias que estavam ali, numa existência apenas virtual, mas nem por isso menos autêntica. Histórias que pediam para ser contadas e que ficavam na nossa memória como narrativas em embrião.

Nas mesas do bar do Serafim, na avenida Oswaldo Aranha, depois no Bar João e, ainda mais tarde, no Lar dos Velhos, meu pai contou histórias. Com o que encantou muita gente, gente que o lembrará com saudade. Eu o imagino chegando ao céu dos contadores de histórias e sendo recebido com aplausos. O próprio Deus deixará seus múltiplos afazeres para ouvi-lo contar: "Uma certa ocasião, eu estava viajando lá perto de...".

Retrato do artista quando jovem

[01/10/2000]

Sempre me orgulhei de ser primo do pintor gaúcho Carlos Scliar. Senti-me ainda mais orgulhoso ao ver a bela exposição de seus trabalhos mais recentes na Usina do Gasômetro. Mais do que esses trabalhos, contudo, comoveu-me uma tela que figura no acervo Gilberto Chateaubriand, ora no Museu de Arte do Rio Grande do Sul. É um autorretrato do artista quando jovem. Ali o vemos, um adolescente de grandes olhos azuis, olhando para o espelho que o retrata, mas olhando também, e com confiança, para o futuro. Esse retrato é mais do que uma obra de arte: é uma lição de vida.

Carlos Scliar sempre quis ser artista plástico. As pessoas de imediato reconheciam a autenticidade e a força desse propósito, e mais que todos, Henrique Scliar, o pai dele. Nem todos os pais se entusiasmam quando o filho anuncia que deseja seguir uma carreira tão insegura quanto é a de artista neste país (ou em qualquer outro). De modo que o velho Henrique tentou convencer Carlos a mudar de ideia. Mas sem muita convicção: também ele estava longe de ser uma figura comum. Artista ele mesmo — fazia teatro amador — e anarquista convicto (várias vezes teve de fugir do país), sabia que o filho estava apenas se revelando um digno herdeiro do pai. De modo que tratou de ajudá-lo como podia. Logo as paredes de sua casa, na avenida Oswaldo Aranha, foram se enchendo de pinturas do Carlos. E ali eram admiradas por visitantes ilustres, como Jorge Amado, que logo se tornou amigo do pintor.

E aí o Brasil entrou em guerra com os países do Eixo. Carlos Scliar, pracinha, foi designado para servir com a Força Expedicionária Brasileira na Itália. Era a frente de batalha, e havia perigo, mas havia uma compensação: lá, Carlos estava em contato direto com as obras de grandes mestres da pintura italiana. Junto à tropa estava um correspondente de guerra também famoso: Rubem Braga. E Rubem Braga protagonizou um incidente (que depois relatou numa crônica) particularmente tocante. Enquanto Carlos estava na Itália, a mãe dele adoeceu e morreu. Em meio a seu sofrimento, Henrique Scliar viu-se diante de um problema: como dar a notícia ao filho? Decidiu recorrer a Rubem Braga. Mandou-lhe uma carta, pedindo que fosse portador da triste notícia. Rubem Braga foi procurar o jovem Carlos. E encontrou-o no alojamento, excitadíssimo: pela primeira vez, desde sua chegada ao front, recebera uma licença de vários dias. E ia aproveitá-la visitando os tesouros artísticos da lendária Florença, ali perto. Rubem Braga foi embora sem contar a Carlos sobre o falecimento da mãe. "Não se pode estragar a primeira visita de um jovem pintor a Florença", disse ele.

Carlos Scliar visitou Florença. E, depois da guerra, foi morar em Paris, como o faziam todos os artistas plásticos. Mais uma vez, teve apoio de seu pai. Voltou ao Brasil e aqui começou sua carreira, agora em caráter profissional. Nunca duvidou do que queria fazer. Nunca deixou de trabalhar: em pintura, em gravura, em arte gráfica. Nunca deixou de aprender e, com uma generosidade que ficou lendária neste país, nunca deixou de ensinar, nunca deixou de ajudar. No que, claro, seguia o exemplo de seu pai.

O resto é história, uma história sintetizada nas obras que agora estão em exibição. Aos oitenta anos, Carlos Scliar pode olhar para trás e dizer a si próprio que chegou lá, que atingiu seus objetivos.

Penso no Carlos Scliar quando vejo pais atrapalhados com os problemas criados pelos filhos na escolha de uma profissão. Claro, nem todos que querem ser pintores (ou músicos, ou atores, ou poetas) serão pintores, ou músicos, ou atores, ou poetas. Mas pelo menos um crédito de confiança eles merecem, essas moças, esses rapazes. Têm o direito de, ao menos uma vez na vida, olharem-se ao espelho e verem ali o retrato do artista quando jovem.

Um quieto furacão

[22/06/2002]

Roberto Drummond não era apenas um grande escritor, era um ser humano fascinante, desses que marcam a nossa vida. Estou dando um depoimento pessoal: somos da mesma geração literária, estivemos juntos em numerosos eventos, no país e no exterior. Nasceu daí uma amizade que se prolongou por vários anos. Eu não podia ir a Belo Horizonte sem ver Drummond, e ele não podia vir a Porto Alegre sem me visitar. Acompanhei toda sua carreira literária e lembro ainda a impressão que me causou o primeiro conto que dele li, "A morte de D. J. em Paris". À época, anos 70, o conto mineiro estava no auge; dizia-se que de cada dois habitantes de Minas Gerais um era contista, e outro estava treinando para sê-lo. Como todo mineiro, Drummond era um fabuloso contador de histórias. Mais que isso, era um contador de histórias capaz de uma comunicação instantânea com o público — para o que colaborava muito sua condição de jornalista (aliás, vários escritores de nosso grupo — Ignácio de Loyola Brandão, Ivan Ângelo, Antônio Torres — vinham do jornalismo). E essa impressionante empatia com as pessoas representou, de certo modo, uma mudança no rumo da literatura brasileira, que ainda conservava um certo ranço elitista, aristocrático mesmo. Drummond foi o primeiro escritor pop do Brasil — e o êxito de *Hilda Furacão* como minissérie da Globo apenas o comprovou. Seu sucesso antecipava uma tendência que agora se consolidou no mercado editorial brasileiro: as editoras estão em busca de leitores, uma busca que, prova-o Drummond, pode ser muito bem-sucedida. Apesar do sucesso, Drummond era um homem tenso, preocupado, sempre às voltas com complicados casos de amor. Era raro vê-lo sorrindo, uma evidência do estresse que o atormentava e que provavelmente colaborou para essa crise cardíaca que veio a matá-lo. Mas se Drummond não sorria, sabia como fazer o seu leitor sorrir — e emocionar-se, e deliciar-se com sua tão brasileira literatura. Sua vida foi um quieto furacão. Que marcou, de maneira gentil, amável e peculiar, a cultura de nosso país.

Duas ou três coisas boas que podemos dizer dele

[24/11/2002]

Havia um candidato que poderia, sim, ter enfrentado Lula, quem sabe até derrotando-o. Esse candidato seria ninguém menos do que Fernando Henrique Cardoso. Desde, claro, que ele tivesse se restringido ao primeiro mandato e tivesse se mantido afastado do poder durante o segundo mandato. Se tal houvesse acontecido, Fernando Henrique seria associado ao triunfo do Plano Real e voltaria com a imagem de salvador da pátria. Mas ele optou por um segundo termo. Por que o fez é uma questão ainda em aberto. Alguns falarão em vaidade, outros num projeto político de longo prazo. Fernando Henrique não foi o único a pensar em oito anos. Clinton também o fez, e Menem. As transformações da globalização pareciam exigir esse período de adaptação. De qualquer forma a discussão é ociosa. Mas não é ocioso examinar alguns aspectos positivos de uma presidência que pode ter sido qualquer coisa, menos apática. Os anos FHC de alguma forma marcaram o Brasil.

Em primeiro lugar, tivemos um presidente que foi um cavalheiro. O termo pode parecer até arcaico, mas faz parte de uma cultura. Cavalheiro, Fernando Henrique tratou seus adversários com deferência, com cortesia. Nunca respondeu aos insultos com outros insultos; as expressões que eventualmente usou, "nhe-nhe-nhém", "neobobos" e outras, eram mais curiosas do que qualquer outra coisa. Aliás, cada vez que se pronunciava, deixava falar o professor universitário que tem dentro de si; seus discursos eram lógicos, eram didáticos e eram também corteses. Era, convenhamos, um prazer ouvi-lo, mesmo que não se concordasse com suas palavras. Também é preciso dizer que nunca se vingou de ninguém. E poderia tê-lo feito: os mecanismos de poder lhe permitem. Se quisesse teria infernizado a vida de seus detratores mediante processos judiciais. Não o fez — e, de novo, isso é uma prova, se não de grandeza, pelo menos de estoicismo.

De Fernando Henrique pode-se dizer que era o homem certo no lugar errado. Na América Latina sempre se teve a ideia de que o presidente é o salvador da pátria, alguém a quem se confere plenos poderes para resolver todos os problemas. Fernando Henrique não se prestava a este papel. Daria um excelente presidente num regime parlamentarista, ou um excelente ministro de Relações Exteriores. É um homem de representação e é um homem de ideias. Se essas ideias mudaram, e mudaram, é outra coisa. O certo é que algumas coisas ele ensinou, a começar pelo próprio Plano Real: pela primeira vez na história do Brasil uma medida de grande magnitude não foi enfiada goela abaixo na população, mas sim implantada de forma madura e esclarecida. A segunda lição está no processo de transição governamental: jogo limpo, aberto, sem sacanagem. Isto é Fernando Henrique Cardoso, mas é também, e principalmente, um novo Brasil, um Brasil maduro. A pobreza continua aí, a violência também, mas está mudando a maneira de lidar com a coisa pública. E isto, se não é uma garantia, é uma esperança — que devemos, ao menos em certa medida, a um homem chamado Fernando Henrique

Cardoso. Para encerrar, um detalhe curioso. Depois de digitar esta matéria, salvei-a — com o nome de FHC — em um lugar errado, e tive de deletá-la. Ao fazê-lo, o computador, esse implacável engenho de nosso tempo, perguntou-me: "Deseja mandar FHC para a lixeira?". Obviamente, eu desejava, sim, mandar a matéria FHC para a lixeira. Mas não o ser humano FHC. Uma diferença que me parece simbólica e muito instrutiva para os novos tempos que vivemos.

A mulher por trás do DNA

[09/03/2003]

O 28 de fevereiro assinalou a quinquagésimo aniversário de uma das mais importantes descobertas científicas da História: a estrutura do DNA, o ácido desoxirribonucleico, substância responsável pela transmissão dos caracteres hereditários. Por outro lado, este 8 de março marca o Dia da Mulher. Pretendo juntar estas datas evocando uma figura feminina que ilustra muito bem o que foi, até há bem pouco tempo, a difícil trajetória da mulher na ciência. Que o DNA portava informação genética sabia-se desde 1943. Mas não se sabia como o fazia, e para isso era importante saber que desenho tinha, afinal, esse DNA, de que átomos era formado e como esses átomos se dispunham no espaço. Isso desencadeou uma corrida entre centros de pesquisa. Dois deles se destacavam, ambos na Inglaterra: na Universidade de Cambridge, trabalhavam Francis Crick e James Watson; no King's College, de Londres, Maurice Wilkins e Rosalind Elsie Franklin. Essa última veio a se tornar a figura mais polêmica (e dramática) da disputa.

De tradicional família judia, Rosalind (Rosy) muito cedo

planejou tornar-se cientista — contra a vontade do pai, para quem ciência não era carreira feminina: ele queria que a filha trabalhasse como assistente social e, embora tivesse posses, recusou-se a pagar-lhe os estudos. Uma tia, porém, assumiu o encargo; Rosy foi em frente e doutorou-se em química por Cambridge. Aos que a conheceram, impressionava pelo talento, pela beleza, pela minuciosa dedicação — e pelo temperamento: era uma pessoa voluntariosa, difícil, e não muito chegada a sexo. Mas, no trabalho, era brilhante. Usando raios X para estudar o DNA — as radiografias que fez eram obras-primas, pela precisão e também pela beleza — levantou a hipótese de que a molécula teria a forma de hélice, mas não quis adiantar nada sem provas mais concretas. Isso levou a uma briga com Wilkins, que decidiu mostrar os resultados de Franklin a Watson — sem o consentimento de Rosy. "Meu coração bateu mais forte quando vi as radiografias", disse Watson. As imagens foram uma revelação. A partir daí ele e Crick aceleraram as pesquisas, e chegaram ao resultado que foi imediatamente reconhecido e que os consagrou.

Contrariamente ao que sua imagem faria supor, Rosalind reconheceu o triunfo dos colegas e cumprimentou-os por isso. Àquela altura ela já estava em outra linha de pesquisa, estudando vírus. Mas sua carreira seria curta. Morreu com 38 anos, em 1958, de câncer de ovário, o que pode ter sido uma consequência de seu trabalho: no afã de pesquisar a estrutura do DNA, Rosalind tomava pouco cuidado em evitar o risco da radiação. Em 1962 a descoberta do DNA rendeu o Nobel de Medicina e Fisiologia — para Watson, Crick e Wilkins. O precoce falecimento de Rosalind evitou uma disputa, já que o Nobel só pode ser concedido a pessoas vivas — no máximo, no número de três. Viva, estaria ela neste trio? Pergunta interessante, ainda que melancólica. De qualquer forma, a posteridade fez justiça a Rosalind Franklin: nos últimos anos ela foi objeto de vários livros e artigos, filmes, e seu nome (junto com o de Wilkins) foi dado ao novo prédio de ciências do King's College.

A trajetória das mulheres na ciência — território classicamente considerado masculino — nunca foi fácil. O resultado disso é que o número de mulheres cientistas é pequeno. Mas então surgem figuras luminosas, como a de Marie Curie e da própria Rosalind Franklin, e mostram esta verdade fundamental: a vocação para a ciência não está unicamente no DNA masculino. Mulher no laboratório não serve só para lavar tubo de ensaio, serve para pesquisar e descobrir. O conhecimento é libertador e é para todos. É a lição do Dia das Mulheres. E é a lição da curta e emocionante vida de Rosalind Franklin.

Atualidade de Orwell

[28/06/2003]

A grande consagração de um escritor ocorre quando seu nome se transforma em adjetivo. Todo mundo, mesmo quem não leu Kafka, sabe o que quer dizer kafkiano. Há um adjetivo menos conhecido, mas também clássico: orwelliano. Alude à obra de George Orwell, pseudônimo de Eric Blair, cujo centenário de nascimento ocorreu neste 25 de junho.

A vida de Orwell é daquelas que dariam um romance (de fato, boa parte de sua obra é autobiográfica). Nascido na Índia, filho de um funcionário da administração colonial britânica, Orwell conheceu desde o berço o poder imperial, com o qual tinha, como mais tarde se veria, uma relação ambivalente. Educado em Eton, interrompeu os estudos depois de um patético incidente: fez uma espécie de maldição vudu (aquela de enfiar alfinetes em um boneco) contra um colega rival para que este quebrasse a perna. Tétrica coincidência: o rapaz realmente teve uma fratura — causada por câncer, do qual veio a morrer. Cheio de culpa, Orwell foi para Burma, também colônia inglesa, onde tornou-se policial. Dessa experiência resultou um ensaio notável,

"Matando um elefante",* em que descreve como, diante da população de uma aldeia, teve de matar um desses animais. Deixando Burma, passou vários anos de pobreza na Europa, um período que evoca em *Na pior em Paris e Londres* (1933). Começa então a publicar ficção.

Nos anos 30, passa por uma experiência importante: alista-se, como voluntário, nas tropas republicanas que lutavam contra Franco na Guerra Civil espanhola, onde inclusive foi ferido. É aí que ocorre sua ruptura com o comunismo: os stalinistas tentavam então eliminar seus aliados num daqueles "acertos de contas" que não eram raros na esquerda, e contra os quais Orwell revoltou-se, pagando o preço: teve de fugir para salvar a vida. Desse sombrio período dá testemunho no importante *Homenagem à Catalunha* (1938): "Na Espanha eu vi, de fato, a História sendo escrita não como realmente aconteceu, mas como deveria ter acontecido, de acordo com a linha do Partido".

A partir daí, sua vocação antitotalitária se afirmaria, e também seu isolamento. Estigmatizado pela esquerda, ficou tão paranoico que chegou a comprar (de Ernest Hemingway) um revólver, para se defender de possíveis atentados. Ele e a esposa Eileen foram morar numa remota ilha escocesa, onde criava gatos e cachorros. Apesar do choque causado pela morte de Eileen, terminou, nessa época, *A revolução dos bichos* (*Animal farm*), que, publicado no início da guerra fria entre o Ocidente e os países comunistas, revelou-se enorme sucesso.

No conflito entre os blocos, Orwell desempenhou um papel ambíguo: colaborou com o serviço secreto inglês, a quem entregou, em 1948, uma lista de 35 "criptocomunistas". É verdade que nenhum deles chegou a ser prejudicado, mas Orwell ficou, de

* Publicado como "O abate de um elefante" na coletânea *Dentro da baleia e outros ensaios*, São Paulo, Companhia das Letras, 2005. (N. E.)

qualquer maneira, rotulado como delator. Àquela altura, já estava muito doente, da tuberculose que afinal viria a matá-lo. Mesmo assim embarcou no grande projeto de sua vida, a novela *1984*.

Embora Orwell não seja exatamente um grande ficcionista — estava mais preocupado em transmitir mensagens — pode-se dizer que tanto *A revolução dos bichos* quanto *1984* marcaram o nosso tempo. As duas obras falam de totalitarismo, a primeira sob forma de uma satírica fábula (quase se pode ouvir a voz de La Fontaine nos bastidores), a segunda como uma distopia, a utopia vista como pesadelo: a síntese do stalinismo, que acabou por destruir os ideais da Revolução Russa de 1917 e por comprometer, até hoje, o conceito de esquerda.

Expressões como *Big Brother* — sim, telespectadores, é daí que vem o título do programa famoso — e frases como "Todos são iguais, mas alguns são mais iguais" passaram à linguagem cotidiana. Cinquenta e três anos depois da morte de George Orwell, a vendagem de seus livros ultrapassa 40 milhões de exemplares, em sessenta idiomas, e ele continua em alta: a cada ano, 1 milhão de novos leitores descobre sua obra. Num mundo em que o autoritarismo sob variadas formas continua ainda presente, a mensagem de Orwell permanece atual.

A história e a vida

[24/08/2003]

No Rio de Janeiro, hospedo-me num pequeno hotel na praia do Flamengo. É um local relativamente tranquilo e, além disso, fica ao lado mesmo de um belo e antigo parque, um daqueles raros locais em que esculturas europeias combinam bem com a vegetação tropical; é um prazer caminhar por ali. O parque é, além disso, um sítio histórico. Pertence ao Palácio do Catete, hoje transformado em museu, que visito sempre que posso. Ali ocorreu, no dia 24 de agosto, o suicídio do então presidente Getúlio Vargas. Um drama do qual falaremos muito no próximo ano, que marcará o cinquentenário dessa tragédia brasileira.

Nascido em 1883, em São Borja, Getúlio Vargas foi ascendendo na carreira política — deputado estadual em 1909, deputado federal em 1922 — e chegou ao poder pela Revolução de 1930, que tirou do governo as tradicionais oligarquias e introduziu novas lideranças, inclusive as gaúchas, até então marginalizadas dos centros nacionais de decisão. A cena famosa — os cavalarianos de Vargas amarrando os cavalos no obelisco da avenida Rio Branco — representava uma desforra simbólica contra esta sensação de marginalização.

Uma vez governante, contudo, Getúlio implementou um projeto de modernização conservadora: era uma ditadura, mas uma ditadura que procurava a autonomia do país em áreas estratégicas, como o petróleo e a siderurgia. Ao mesmo tempo, uma série de leis sociais ajudavam a cooptar lideranças sindicais e a acalmar os movimentos reivindicatórios da classe trabalhadora em formação. Foi criada a previdência social, apesar da desconfiança das elites, às quais Getúlio poderia repetir a resposta de Bismarck aos *junkers* prussianos que o censuravam por criar um sistema de seguridade: "Estou salvando os senhores dos senhores mesmos".

Alijado do poder em 1945, no surto de democratização que percorreu o mundo após a Segunda Guerra, Getúlio voltou à presidência em 1951 pelo voto popular, numa dessas reviravoltas tão comuns na política brasileira. Mas agora enfrentava uma feroz oposição. Seu governo foi abalado por denúncias de corrupção (o "mar de lama"), e ele acabou por disparar um tiro no peito.

Na famosa carta-testamento podemos distinguir dois componentes: as denúncias políticas contra seus perseguidores — "Mais uma vez, as forças e os interesses contra o povo coordenaram-se e novamente se desencadeiam sobre mim..." — e uma desamparada, fatalista mensagem que antecipa o fim:

> Sigo o destino que me é imposto [...]. Nada mais vos posso dar, a não ser meu sangue. Se as aves de rapina querem o sangue de alguém, querem continuar sugando o povo brasileiro, eu ofereço em holocausto a minha vida [...]. Eu vos dei a minha vida. Agora vos ofereço a minha morte. Nada receio. Serenamente dou o pri-

meiro passo no caminho da eternidade e saio da vida para entrar na História.

O cenário do suicídio foi o quarto do presidente, conservado como era. O aposento impressiona pela simplicidade monástica: uma estreita cama, um roupeiro, uma mesa de cabeceira, uns poucos objetos decorativos. O que contrasta com o luxo em que vivem os governantes latino-americanos. Não lembro qual deles, ao vir ao Brasil, exigiu uma descomunal suíte de hotel equipada com um piano de cauda que teria de ser branco.

Getúlio era um homem simples. E era um melancólico, como o comprovam suas memórias e sua própria morte. Que caudilho, mesmo ameaçado por inimigos, se suicidaria? Caudilho não se suicida. Caudilho dá no pé e vai gozar os capitais acumulados. Getúlio preferiu o holocausto. É verdade que isto representa um derradeiro desafio do visceral político que ele era. Querem minha morte? Aqui está ela. Para pessoas comuns, a História, mesmo com H maiúsculo, é uma abstração. Que visão da História teria Getúlio, quando pressionou o gatilho? Que visão da existência? Isto não sabemos e nunca descobriremos. A História não é só composta de fatos, ela é formada de enigmas.

Olga e suas irmãs

[22/08/2004]

Mulher, judia, estrangeira, comunista, companheira de Luís Carlos Prestes — Olga Benario tinha muitos motivos para ser perseguida no Brasil da ditadura Vargas. A deportação para a Alemanha nazista e a morte num campo de concentração representaram apenas a culminância do martírio. É mérito do escritor Fernando Morais (votei nele para a Academia Brasileira de Letras!) ter recuperado esta sombria, mas emocionante saga. Conversei com Fernando logo depois que o livro apareceu; ele me contou de seu assombro diante do desconhecimento, em nosso país, da história de Olga, que, na Alemanha (Oriental) era até nome de rua.

Olga foi uma heroína, mas não a única. Faz parte de uma linhagem de admiráveis mulheres, judias e revolucionárias, que hoje figuram nas páginas da História. Foi o caso de Rosa Luxemburgo. De uma família de classe média, formada em Direito na Suíça, Rosa casou-se com um alemão e foi viver em Berlim, onde tornou-se líder da ala esquerda do movimento socialista e fundou, junto com o também revolucionário Karl Liebknecht, a

Liga Spartacus (o nome homenageia o lendário gladiador que chefiou uma rebelião contra o Império Romano). Foi o caso de Emma Goldman. Nascida na Europa Oriental, de família pobre, ela, como muitos, emigrou para os Estados Unidos, onde se tornou anarquista militante e líder de movimentos operários. Foi ainda o caso de Simone Weil. Também de uma família de classe média (o pai era médico), Simone nasceu em Paris. Menina prodígio, já na infância dominava o grego e vários idiomas. Estudou filosofia e já na faculdade mostrava simpatia pelo ideário comunista. Formada, foi trabalhar em fábricas, para assim entender como viviam e pensavam os trabalhadores. Alistou-se para lutar na Guerra Civil espanhola de 1936, mas não chegou a entrar em combate: queimou-se com água fervendo. Na Espanha, desiludiu-se com o marxismo, converteu-se ao cristianismo. Durante a ocupação nazista da França deixou o país, foi para a Inglaterra, onde trabalhou para o governo francês no exílio liderado por Charles De Gaulle.

Como Olga, estas mulheres tiveram fim trágico. Rosa Luxemburgo passou longos períodos na prisão, o último destes depois de uma fracassada rebelião da Liga. E, na prisão, ela foi assassinada por soldados, seu corpo sendo jogado às águas de um canal próximo. Doente (tuberculose), Simone Weil recusava tratamento e alimento, em sinal de solidariedade ao povo francês. Acabou morrendo em 1943. O ato que deveria ser a culminância na carreira de Emma Goldman terminou de maneira patética: junto com outros anarquistas ela planejou um atentado contra Henry Frick, conhecido industrial que reprimira com violência uma greve em sua fábrica. O problema é que não tinham dinheiro para comprar o revólver. Emma Goldman resolveu se prostituir para isso, sem muito sucesso. O complô foi descoberto, ela foi deportada e passou o resto da vida vagando de país em país até falecer, em 1940. Formam uma irmandade espiritual, estas mulheres. Uma irmandade cujo denominador comum é o idealismo, a bravura — e a sina trágica. Lutaram até o fim. Mesmo que tenham escolhido a causa errada, merecem nosso respeito.

Encontro marcado

[12/10/2004]

Não dá para evitar o lugar-comum: Fernando Sabino ficará na memória dos brasileiros como um grande escritor e um grande ser humano. Um escritor que já começou marcando o cenário literário brasileiro: *O encontro marcado*, sua precoce obra de estreia, marcou toda uma geração. Tão notável como o ficcionista Fernando Sabino é o cronista. O gênero não era novo — Machado de Assis escreveu muitas crônicas — mas pode-se dizer que foi Fernando, junto com Rubem Braga (este, um mestre), Paulo Mendes Campos e Otto Lara Rezende, quem deu à crônica brasileira uma dimensão inesperada. Aquilo que era considerado um gênero menor transformou- se, em suas mãos, num sensível e amável modo de captar o jeito de ser brasileiro: uma conjugação de conversa de bar com grande literatura.

Aqui em Porto Alegre o maior dos amigos de Sabino era Josué Guimarães, que começou sua própria carreira em grande parte estimulado por Fernando. O escritor também frequentava a casa dos Verissimo. Particularmente tenho para com ele uma dívida de gratidão: presidiu o júri que deu a meu livro *Doutor*

Miragem o prêmio Guimarães Rosa do governo de Minas. Na ocasião, veio a Porto Alegre; já sabia do resultado que, no entanto, não havia sido oficialmente divulgado. Queria me contar, mas não podia fazê-lo; convidou-me para dar uma volta, e durante todo o tempo ficou num tenso silêncio até que por fim não aguentou: "Você ganhou o prêmio".

Prêmio, e para todo o Brasil, foram a obra e a pessoa de Fernando Sabino. Um ser humano admirável, cuja ausência todos sentiremos. Mas Fernando tinha um encontro marcado com sua própria finitude. E a este encontro ele não faltou.

Uma grande mulher

[06/03/2005]

Semana passada, em Santos (SP), aonde fui dar uma palestra, vi uma exposição sobre uma grande brasileira: Patrícia Galvão, a Pagu. Comovente, inclusive e sobretudo porque a meu lado estava o jornalista Geraldo Galvão Ferraz, que reside em Nova York e é filho de Pagu. A emoção de que estava possuído inevitavelmente se transmitia a todos e me fez pensar na singular história dessa extraordinária mulher.

Descendente de paulistas quatrocentões e de imigrantes alemães, Patrícia Galvão (1910-62) viveu numa época extraordinária, marcada pela Semana de Arte Moderna de 1922. Jovem precoce, começou a escrever muito cedo, e logo se tornou conhecida no meio artístico. Convivia com os modernistas liderados por Oswald de Andrade: Mario de Andrade, Anita Malfatti, Benjamim Peret, Tarsila do Amaral (mulher de Oswald), Raul Bopp... Foi o gaúcho Bopp quem lhe deu o apelido, aliás nascido de um equívoco: achou que o nome era Patrícia Goulart e abreviou-o para Pagu. Por Oswald de Andrade, que via nela o "mais autêntico símbolo feminino da ousadia e inconformismo artístico e cultural de seu tempo", ela se apaixonou perdidamente. Ele separou-se de Tarsila; casaram em 1930. No ano seguinte, ingressaram no Partido Comunista; editavam o jornal *O Homem do Povo*. Neste, e com sua característica independência, Pagu mantinha a coluna "A Mulher do Povo", por ela própria ilustrada, e que pretendia mobilizar as mulheres brasileiras para as lutas sociais. Em 1931, depois de ter sido presa por participar num comício dos estivadores em Santos, teve de fazer sua autocrítica para o Partido Comunista; declarou-se então "uma agitadora individual, sensacionalista e inexperiente". Viajou pelo mundo como correspondente de vários jornais. Sua visita à ex-União Soviética foi, contudo, decepcionante; em Moscou ela via "gente pobre nas ruas e luxo para os burocratas". Na volta, o casamento com Oswald já terminando, foi presa pelo Estado Novo, por ocasião da chamada Intentona Comunista de 1935. Nos quatro anos e meio de cárcere, sofreu cruéis torturas. Libertada, deixou o Partido Comunista, casou com o também jornalista Geraldo Ferraz e foi morar em Santos. Lá fazia jornalismo cultural, e trabalhou em teatro como tradutora e diretora. Até o fim manteve a sua orgulhosa independência. O verdadeiro artista, disse, é indiferente à opinião dos críticos: "O que lhe importa é abrir novos caminhos para a arte".

O Brasil nunca tratou muito bem suas mulheres. Só em 1880 tiveram acesso à educação formal, e só há 66 anos conquistaram o direito ao voto. As mulheres representam 51% da mão de obra, mas continuam ganhando menos que os homens e ocupando menos cargos de chefia. Para enfrentar esta conjuntura é preciso muita coragem. Coragem que não faltou a Pagu como não falta a milhões de outras brasileiras. O Brasil é Pagu. O Brasil é a mulher brasileira. Coisa que é bom lembrar às vésperas deste 8 de março, Dia Internacional da Mulher.

Lembrando Clarice

[12/02/2006]

Numa época de sua vida, meu primo Carlos Scliar, grande artista plástico, trabalhou no Rio como editor de arte da extraordinária revista *Senhor*, fundada por Nahum Sirotsky. Cada vez que vinha a Porto Alegre, eu o visitava e numa dessas ocasiões ele disse que tinha uma surpresa para mim. Abriu um exemplar da publicação e leu-me um conto. Foi mais que uma surpresa. Eu era um adolescente então, mas até hoje lembro o impacto que me causou aquele texto. Como é que alguém pode escrever tão bem, eu me perguntava, assombrado, sobretudo porque naquela época eu tentava tornar-me contista e já experimentava as dificuldades dessa tarefa. O conto era "Uma galinha", a escritora, Clarice Lispector, que agora está sendo evocada numa bela exposição do Instituto Moreira Salles, no Shopping Bourbon Country (não percam). Mais tarde vim a conhecê-la pessoalmente e, numa ocasião em que veio a Porto Alegre, servi-lhe de cicerone e levei-a à tevê para ser entrevistada pela Celia Ribeiro. Foi, entre parênteses, uma entrevista muito difícil. Clarice simplesmente não respondia às perguntas, o que, diante da câmera, era um problemão. Mas a escritora era assim mesmo, reservada, enigmática.

Clarice, como mostram as fotos da exposição, era uma mulher belíssima. Um tipo especial de beleza que às vezes caracterizava as judias russas (Sara Scliar, por exemplo). E era uma pessoa atormentada por vários tipos de conflito pessoal, conflitos estes que, graças a seu talento, ela transformava em grande literatura. Na exposição, a gente também pode ver como ela trabalhava seus originais, alguns deles escritos à mão, em letra torturada. Mas, por incrível que pareça, seu talento não foi de imediato reconhecido. Ela não preenchia os critérios literários estabelecidos pela intelectualidade que era, nos anos 50 e 60, sobretudo de esquerda. Não se tratava de uma escritora engajada em causas sociais; pelo contrário, fazia uma literatura intimista, à qual se aplicava com facilidade o adjetivo "alienada". Aos poucos, contudo, esse preconceito foi sendo vencido e seu público se ampliou, ainda que nunca ao nível do best-seller. Os contos eram magistrais, e seu último romance, *A hora da estrela*, é hoje um clássico. O talento de Clarice é reconhecido internacionalmente, e a exposição constitui-se assim numa oportuna homenagem.

Mulher sofrida, enfrentando problemas de saúde, Clarice morreu cedo. Mas sua ficção aí está, a nos dar constantes lições de vida, a nos emocionar. Eu a releio sempre, e sempre com o deslumbramento do jovem que se perguntava, perplexo e encantado: como é que alguém pode escrever tão bem?

Vianna Moog, intérprete do Brasil

[14/10/2006]

A pergunta apareceu no site Yahoo Respostas: "Alguém conhece um livro chamado *Bandeirantes e pioneiros*, de Vianna Moog?". A indagação, por todos os motivos meritória — afinal, o melhor jeito de descobrir as coisas é perguntar —, faz pensar sobre a memória cultural do Brasil. A obra de Vianna Moog marcou época; foi um dos textos mais discutidos em nosso país. Mas, ao que tudo indica, pode ter caído no esquecimento. Por isso, é tão oportuno o centenário de nascimento de Clodomir Vianna Moog, no dia 28 deste mês: é uma oportunidade para evocar uma figura singular de nossa literatura, alguém que, para nosso orgulho, era gaúcho. Nascido em São Leopoldo, Vianna Moog, filho de funcionário público e de professora, estudou em boas escolas, formou-se em Direito, foi funcionário público. Uma trajetória típica de jovens brasileiros do começo do século passado. Mudou subitamente quando ele começou a militar na política, nos conturbados anos 30. Participou da Revolução Constitucionalista de 1932, que se opunha ao governo de Getúlio Vargas. Foi preso e transferido para Manaus (AM) e depois Teresina (PI). Esse exílio representou para o jovem gaúcho uma oportunidade para conhecer o Brasil do Norte e do Nordeste. Nesse período, começou a escrever. Sua primeira obra foi *Heróis da decadência*, um ensaio que surpreendeu a intelectualidade do país, sobretudo pela originalidade da tese ali defendida. Segundo Vianna Moog, em épocas de decadência surgem pessoas notáveis que se destacam não pelos feitos guerreiros, como os heróis habituais, mas que têm a coragem (e a inteligência, e a sensibilidade) de analisar, inclusive com humor, essa decadência. São três esses heróis: Petrônio, que viu a derrocada do império romano; Cervantes, que testemunhou o fim da Idade Média e do feudalismo; e Machado de Assis, o grande cronista dos últimos anos do Império no Brasil. Resenhando a obra, Augusto Frederico Schmidt confessa que nunca ouvira falar do tal Vianna Moog e acrescenta: "O que importa é que seu livro vem revelar a existência inesperada de um escritor sóbrio e seguro". A obra seguinte, *O ciclo do ouro negro*, retrata a Amazônia, "um mundo à parte", com a profundidade de um Euclides da Cunha. Como Euclides, Vianna Moog faz justiça ao caboclo que enfrenta, com resignação, as adversas condições da selva: "Outros fogem. Só o caboclo fica". Voltou para Porto Alegre, dirigiu o jornal *Folha da Tarde*, mas continuou escrevendo: é dessa época *Novas cartas persas*, satírico texto que, tomando como modelo a obra de título similar escrita por Montesquieu, faz considerações sobre o Brasil e a cultura brasileira, rotulando o Rio de "cidade afrodisíaca". Em 1938 lança um ensaio literário que fez história: *Eça de Queirós e o século* XIX, abordando as controvérsias que cercaram o grande escritor português. Seguiram-se aquelas que são provavelmente suas duas grandes obras. Em 1938, aparece o romance *Um rio imita o Reno*, que tem como cenário São Leopoldo (o rio em questão é o rio dos Sinos, que banha a cidade) e fala sobre os conflitos culturais e emocionais numa comunidade de origem alemã. O nazismo estava então em ascensão, e Vianna Moog não deixa de denunciar a intolerância que, também aqui no Brasil, se fazia presente, particularmente numa família em que a filha está apaixonada por um engenheiro amazonense, ali chegado para supervisionar a construção de uma represa. O conflito é inevitável, mas o irônico final (a família descobre que tem ascendência judaica) representa uma tomada de consciência. Anos depois, num discurso perante a Academia Brasileira de Letras, Vianna Moog diria que a região de colonização transformara-se numa "democracia social". O livro recebeu o Prêmio Graça Aranha, o que representa uma eloquente coincidência: não podemos esquecer que Graça Aranha foi o autor de *Canaã*, o primeiro grande romance sobre colonização, e ao qual Moog deu continuidade, sob outro, e original, ângulo. O notável ensaio *Bandeirantes e pioneiros* resultou do longo período que Moog passou nos Estados Unidos, onde teve vários cargos. A pergunta básica que o autor procura responder é: por que Estados Unidos e Brasil, países onde a colonização europeia começou praticamente ao mesmo tempo, evoluíram de forma tão diferente? Rejeita, de imediato, "fatores raciais", à época ainda muito citados, para deter-se nos aspectos sociais e psicológicos. Neste sentido, *Bandeirantes e pioneiros* foi muitas vezes, e com justiça, comparado ao *Casa-grande & senzala* de Gilberto Freyre. Moog explica as diferenças históricas entre Brasil e Estados Unidos comparando o pioneiro inglês, um puritano que vinha ao Novo Mundo se estabelecer com sua família, e o bandeirante português, que buscava escravos e minerais preciosos, um aventureiro que queria enriquecer e voltar logo para a Europa. Resultado: São Paulo, ao contrário do Nordeste da mesma época, que prosperava com o açúcar, ficou durante muito tempo uma região atrasada, até o advento do ciclo do café, para o qual a mão de obra imigrante foi fundamental. Os títulos citados são apenas os mais conhecidos de uma vasta obra que fez história e que levou o autor à ABL, onde ocupou a cadeira que pertencera ao também gaúcho Alcides Maya. Falando de sua geração, a geração dos anos 30, Vianna Moog declarou que a mesma aguardava uma "entrevista com o futuro". Nesta, Vianna Moog foi um grande entrevistador. Ele fez o Brasil falar. E é por isso que até hoje o lemos com prazer e emoção.

O Brasil em sete personagens

[20/01/2008]

Este ano o vestibular da UFRGS teve características originais e inovadoras. Partindo do princípio de que "o brasileiro pode ser caracterizado por diferentes traços de personalidade e de comportamento e que estes podem estar representados em inúmeras 'histórias individuais'", pedia-se ao candidato para escolher um ou mais personagens literários representativos da brasilidade. O candidato tinha de justificar sua escolha explicando que traço, ou traços, de um brasileiro típico o personagem, ou os personagens representavam. Ou seja: é a literatura vista como espelho de nossa realidade. O Gabriel Brust, aqui de *ZH*, colheu uma série de boas opiniões sobre o tema. A partir da matéria dele, fiquei pensando em personagens literários típicos do Brasil, concentrando-me, porém (homenagem às gentis leitoras do "Donna"), em figuras femininas. Cheguei assim ao mágico número de sete personagens, uma lista que agora submeto a vocês.

A primeira é, claro, a Capitu, de *Dom Casmurro*. Machado de Assis é um autor que será lembrado abundantemente neste ano que marca o centenário de sua morte, e isso é bom, porque ele foi um grande intérprete da realidade brasileira, sobretudo em termos da classe média do Rio de Janeiro. *Dom Casmurro* é um extraordinário romance, que aborda com maestria o sombrio tema do ciúme. É narrado na primeira pessoa por Bentinho, marido de Capitu, aquela que tem "olhos de ressaca" ("Olhos de ressaca? Vá, de ressaca [...] Traziam um não sei que fluido misterioso e enérgico, uma força que arrastava para dentro como a vaga que se retira da praia, nos dias de ressaca"). Pior que a ressaca é seu ciúme: ele acha que Capitu o traiu com Escobar, amigo do casal. Machado, "bruxo do Cosme Velho", faz com que cheguemos ao final sem uma resposta para a dúvida que até hoje atormenta o Brasil: Capitu traiu ou não traiu? A segunda personagem é uma boneca: Emília, de Monteiro Lobato, que, diferente do Pinóquio, não vira ser humano. Não precisa: Emília é esperta, é ousada, é viradora — traços, convenhamos, bem brasileiros. A terceira personagem (obrigado, Roger Lerina) é a cachorra Baleia, personagem de *Vidas secas*, de Graciliano Ramos, publicado em 1938. É uma cachorra nordestina, enfrentando com a família de retirantes a que pertence a terrível seca da região. E Baleia aprende a sobreviver, caçando preás, ratos do campo. Eis como Graciliano descreve a cena de sua morte. "Baleia encostava a cabecinha fatigada na pedra. Queria dormir. Acordaria feliz, num mundo cheio de preás [...] gordos, enormes." A quarta personagem, Ana Terra (de *O tempo e o vento*, de Erico Verissimo), personifica a mulher gaúcha, corajosa, lutadora. Vive um caso de amor com Pedro Missioneiro, o índio que sua família abrigou, posteriormente morto pelos irmãos dela que querem assim "salvar a honra" da família. Nas palavras do autor: "Penso nela como uma espécie de sinônimo de mãe, ventre, terra, raiz, verticalidade, permanência, paciência, espera, perseverança, coragem moral". A quinta personagem é Gabriela, de Jorge Amado (*Gabriela, cravo e canela*, aliás, está fazendo cinquenta anos: foi publicado em 1958). Depois de sua fase engajada, o escritor baiano deu asas à imaginação, ao humor e à ironia, e a história da sensual Gabriela, paixão de Nacib, dá um bom exemplo disso. A interpretação de Sônia Braga na tela contribuiu para fazer da história um clássico baiano. A sexta personagem é a Macabéa (*A hora da estrela*), de Clarice Lispector. Na figura dessa nordestina pobre, ingênua, sonhadora, Clarice simbolizou um grande número de mulheres brasileiras — e projetou a si própria. E a sétima é a Dora Avante, de Luis Fernando Verissimo, a única socialite socialista do mundo. Precisa dizer mais?

Claro que essa lista, como a lista de Schindler, podia ser muito maior. Mas ela serve para mostrar a vitalidade de nossa ficção. Temos grandes autores e, no Rio Grande do Sul, temos grandes leitores, que certamente devem ter gostado do desafio da UFRGS. Porque literatura é isso, não a vida que é, mas a vida que poderia ser.

Lembrando Olga Benario

[12/02/2008]

Durante muito tempo, Olga Benario — cujo centenário de nascimento ocorre hoje, 12 de fevereiro — foi uma figura praticamente ignorada no Brasil, onde, no entanto, viveu muito tempo, e onde teve um papel importante na história política. Já em outros lugares, era diferente: na Alemanha Oriental, Olga Benario era até nome de rua. O fato deixou intrigado o jornalista Fernando Morais, que resolveu fazer uma pesquisa a respeito. Nasceu daí um livro que de imediato se transformou em best-seller e que foi transformado em filme de igual sucesso, dirigido por Jayme Monjardim, com Camila Morgado no papel de Olga. E assim o público brasileiro descobriu esta extraordinária mulher. Nascida em Munique, de uma família judia de classe média, Olga já aos quinze anos entrava na Juventude Comunista. Compreensível: o pai era socialista e, para muitos judeus, socialismo e comunismo representavam o caminho mais óbvio não apenas para a justiça social, como também para a erradicação da intolerância e do racismo. Olga seguia os passos de outras revolucionárias judias, como Rosa Luxemburgo e Emma Goldman. No Partido, logo se destacou como intrépida guerrilheira; entre outras ações, participou do ataque à prisão de Moabit, em Berlim (onde, aliás, Rosa Luxemburgo foi assassinada), libertando vários companheiros, entre eles o seu namorado, Otto Braun. Mas a grande paixão de sua vida foi o líder comunista brasileiro Luís Carlos Prestes, a quem acompanhou de Moscou ao Brasil, passando por esposa. A encenação acabou se transformando em realidade e eles viveram uma grande paixão, sempre na ilegalidade e sempre na luta, inclusive na chamada Intentona Comunista de 1935, uma desesperada tentativa de conquista do poder. Logo depois, foram ambos presos. Como resultado de uma decisão do STF, e com a negação do indulto pelo governo Vargas, Olga, grávida, foi deportada para a Alemanha nazista, onde deu à luz a filha, Anita Leocádia, e morreu num campo de concentração. Tinha então 33 anos. Nem todos consideram Olga uma heroína. Entrem na internet e vocês encontrarão textos que a chamam de terrorista e até de assassina. Uma história da época, divulgada pela polícia, diz que Prestes, na presença de Olga, teria determinado a dirigentes do Partido que delatores deveriam ser executados; com base nisto, foi morta a militante Elvira Cupelo Colônio, de dezoito anos. Mas este assassinato, pelo qual Prestes mais tarde foi julgado, e absolvido, na Justiça comum, teria sido obra de escalões inferiores do Partido. De qualquer modo, e como também o mostra o exemplo de Guevara, os militantes viam-se como participantes de uma guerra, e guerra admite até execuções sumárias. Erros à parte, Olga ficou em nossa história como um exemplo de coerência e de crença num ideal.

Um fenômeno no marketing literário

[03/06/2008]

Há alguns anos, a famosa feira internacional do livro de Frankfurt escolheu o Brasil como homenageado. Havia um amplo recinto dedicado a nosso país e, nele, uma grande mesa com livros de autores brasileiros. Um dia — era hora do almoço e o salão estava vazio — eu estava ali, olhando esses livros, quando de repente apareceu Paulo Coelho, a quem eu conhecia de vista. Cumprimentou-me, olhou a mesa, onde não havia nenhuma obra sua, saiu e voltou minutos depois carregando uma grande pilha de livros de sua autoria. Passou por mim, queixou-se de que livros pesam (não pude resistir à tentação de dizer que, com seus poderes, ele bem poderia fazer os livros levitar) e espalhou-os pela mesa. Gesto paradigmático daquilo que a biografia agora lançada por este expoente do gênero, Fernando Morais, mostra muito bem: a obsessão (a expressão é da *Folha de S. Paulo*) de Paulo Coelho por conquistar o mercado livreiro e que há mais de quarenta anos já figurava em seus planos, registrados em diário: "Comprar todos os jornais do Rio em dias de semana. Enviar composições [sic] aos encarregados e carta explicativa aos diretores. Entrar em contato telefônico com eles, indagando o dia em que o escrito sai. Informar aos diretores quais são as minhas ambições. Arranjar pistolões para publicação". Nisto, o jovem Paulo Coelho não diferia muito de outros escritores em início de carreira. A diferença veio depois, quando ele se tornou o escritor mais lido do mundo, mais traduzido do que Shakespeare, como observa Fernando Morais em entrevista a *Zero Hora*. É um sucesso que até hoje surpreende (e que ajudou muito na sua eleição para a ABL), mas que tem explicação. Resulta, em primeiro lugar, de um fenomenal senso de marketing. Depois, e mais importante, a obra de Paulo Coelho, por causa de seu misticismo, do frequente apelo ao sobrenatural, corresponde a uma necessidade de milhões de pessoas em nosso mundo: a necessidade de acreditar em algo. Esta necessidade foi reforçada pela derrocada das ideologias que puxou o tapete de sob os pés de muita gente, mesmo porque ideologia é algo que tem um componente de fé, de crença quase mágica. Paulo Coelho surgiu no momento exato e soube conquistar o mercado livreiro. Alguém já disse que o gênio é 10% inspiração e 90% transpiração, esta expressando o duro trabalho de melhorar o texto; no caso de Paulo Coelho, temos 10% de inspiração e 90% de autopromoção. Já a qualidade literária de seu trabalho é outro papo. Muito original ele não é: o livro fala do plágio de um texto de Carlos Heitor Cony e *Zero Hora* mostrou, tempos atrás, como Paulo Coelho copiou o conto "Diante da lei", de Franz Kafka, em sua coluna no jornal *O Dia*. "Quanto tempo demorará para que meus livros sejam esquecidos?", pergunta ele numa carta a Fernando Morais. Dúvida mais que pertinente. Paulo Coelho não é Shakespeare. Temos o best-seller Paulo Coelho e temos o ser humano Paulo Coelho, um ser humano atormentado, não raro confuso e perturbado, muito sofrido, com passagens por drogas e por hospícios e uma difícil relação com os pais. Aparentemente, porém, ele conseguiu superar este passado. É uma pessoa agradável, simpática, afetiva, bem-humorada, qualidades que, de alguma forma, permeiam seus livros e certamente ajudam a conquistar leitores. Em palestras que dou, não é raro alguém pôr-se de pé e perguntar, em tom de desafio: "Eu só leio Paulo Coelho, e daí?". Minha resposta é que a casa da leitura tem muitas portas e a obra de Paulo Coelho é uma delas. Seguramente ele motiva pessoas, o que é um mérito. Já o futuro é uma incógnita. Até os magos têm dúvidas a respeito.

Um pioneiro na luta contra a fome

[02/09/2008]

Na sexta-feira, muito provavelmente aparecerá na mídia um nome que o Brasil não deve esquecer: Josué de Castro. O 5 de setembro marca o centenário de nascimento desse médico que se tornou um verdadeiro ícone em nosso país, ao lado de um Gilberto Freyre, de um Sérgio Buarque de Holanda e de um Caio Prado Jr., grandes intérpretes do Brasil. O tema que mobilizou Josué desde a juventude foi a fome, coisa que ele, de família modesta e nascido no Recife dos mocambos e mangues, conhecia bem. Foi este o tema de seu trabalho de conclusão de curso na Faculdade de Medicina. Não era apenas resultado de um interesse científico, era uma verdadeira paixão, que lhe daria projeção nacional e internacional. Formado, Josué de Castro tornou-se professor universitário e pesquisador, e, em 1946, publicou a obra que o consagraria, *Geografia da fome*, traduzida em 27 idiomas. Josué de Castro dividia o Brasil em cinco grandes áreas: Amazônia, Nordeste Açucareiro, Sertão Nordestino, Centro-Oeste e Extremo Sul, as três primeiras sendo enormes regiões de fome. E fome, para Josué de Castro, não era apenas um problema biológico, era o inevitável resultado da conjuntura social, política, cultural. Em *O livro negro da fome* (1957), mostrou como o colonialismo, a monocultura e o subdesenvolvimento resultavam em carência alimentar. Mas não era um fanático visionário, tinha os pés na realidade: defendia uma reforma agrária que não apenas distribuísse terra, mas que proporcionasse à agricultura familiar assistência técnica, créditos e facilidade de comercialização dos produtos.

Seus trabalhos guindaram-no a vários importantes cargos no governo federal e em organismos internacionais, inclusive a Organização das Nações Unidas para Agricultura e Alimentação (FAO). Exerceu, por duas vezes, o mandato de deputado federal por Pernambuco, mas, com o golpe de 1964, teve os direitos políticos cassados. Exilado em Paris, sem poder voltar ao Brasil, acabou morrendo — de tristeza, segundo amigos. Aparentemente as ideias de Josué de Castro foram ultrapassadas pelo tempo. A geografia já não condiciona de forma tão estrita o consumo alimentar, dado o crescente e globalizado comércio de produtos alimentícios: há McDonald's e Coca-Cola em toda parte. O programa Fome Zero, lançado no início do governo Lula, sofreu, do ponto de vista da opinião pública, um inesperado golpe quando levantamento do IBGE mostrou que, no Brasil, a obesidade é mais comum que a desnutrição. Mas não é bem assim. O problema da fome ronda o nosso mundo como um espectro. É o que se constata através do recente, e dramático, aumento do preço dos alimentos, do fracasso da rodada de Doha e sobretudo do protecionismo agrícola dos países ricos, que em 2007 deram 320 bilhões de dólares a seus agricultores para evitar que bloqueassem o centro das cidades com seus tratores. A ajuda aos países mais pobres representa pífio 0,7% do PNB dos ricos e só faz diminuir. Por tudo isso é bom não esquecer o grande Josué de Castro. Ele é mais atual do que parece.

O mito do escritor que não escreve

[30/01/2010]

A morte de Jerome David Salinger (1919-2010) permite, de um lado, evocar um autor absolutamente original e de enorme sucesso. Poucos escritores conseguiram, como ele, descrever de modo tão autêntico e emocionante a condição do jovem em nosso tempo. O Holden Caulfield de *The catcher in the rye* (*O apanhador no campo de centeio*) tornou-se um personagem paradigmático — e adorado por adolescentes e adultos. Publicado há quase sessenta anos, o livro continua vendendo cerca de 250 mil exemplares por ano. Repercussão similar tiveram os contos de *Nine stories* (*Nove estórias*), de 1953; as duas novelas de *Franny & Zooey*, 1961; *Carpinteiros, levantem bem alto a cumeeira & Seymour, uma apresentação*, publicadas juntas em 1963. Em 1965 aparece, na revista *New Yorker*, uma novela intitulada "Hapworth 16, 1924". Depois disso, Salinger não publicou mais nada. E passou a viver em reclusão, recusando-se a dar entrevistas ou a ser fotografado. Com o que se tornou um mito, um exemplo daquela misteriosa categoria dos escritores que não escrevem ou que não publicam. Autores conhecidos, que, a certa altura de sua vida, tiram o time de campo, às vezes por algum tempo, às vezes para sempre. Assim, Arthur Rimbaud (1854-91), talento ultraprecoce, parou de escrever poesia aos dezenove anos e passou a exercer outras atividades (inclusive a de traficante de escravos na África). Paul Valéry (1871-1945) interrompeu sua carreira aos vinte e poucos anos e só a retomou duas décadas depois. Stéphane Mallarmé (1842-98) escreveu apenas sessenta poemas nos 36 anos de sua trajetória poética. Aqui no Brasil temos o exemplo de Campos de Carvalho (1916-98), autor de *A lua vem da Ásia* (1956), *Vaca de nariz sutil* (1961), *A chuva imóvel* (1963) e que, depois de *O púcaro búlgaro* (1964), praticamente interrompeu sua trajetória de romancista; e o paulista Raduan Nassar, autor do lendário *Lavoura arcaica*, que há anos não publica. Por que os escritores param de escrever? Hoje em dia fala-se muito no "*writer's block*", o bloqueio do escritor, uma misteriosa inibição do processo criativo, este igualmente misterioso, e que não depende, como pensavam os gregos antigos, da benevolência das Musas ou de qualquer outro fator externo. Basicamente, e para usar uma explicação freudiana, trata-se de um processo de comunicação entre dois compartimentos da mente: o inconsciente, onde residem as fantasias, inclusive as literárias, e o consciente, onde elas são processadas em termos literários. Por razões desconhecidas, às vezes esta comunicação se interrompe; a angústia que resulta daí é enorme. Na juventude o poeta inglês Samuel Taylor Coleridge (1772-1834) passou por um período assim; pensar em escrever resultava para ele em um "indefinido, indescritível terror" ("*An indefinite, indescribable terror*"), que combatia usando ópio, a droga da moda então. A propósito, não são poucos os escritores que recorrem ao álcool ou a drogas como forma de estimular a imaginação (nem tentem: não funciona). O problema com Salinger era um pouco diferente. Talvez ele não tenha tido, ao menos nos primeiros tempos de sua reclusão, um bloqueio. Até os anos 70 continuou a escrever, e, segundo sua namorada de então, Joyce Maynard, terminou dois romances. Mas não queria publicá-los. Numa rara entrevista para *The New York Times*, disse que queria escrever apenas para si mesmo, para seu prazer pessoal. Na apresentação de *Franny & Zooey*, comentou: "Tenho uma subversiva opinião segundo a qual a sensação do anonimato e da obscuridade representa algo valioso para o escritor". Alguém indagará: por que, então, não publicou sob pseudônimo? Pergunta agora ociosa. Mesmo porque, embora reduzida, a obra de J. D. Salinger nos maravilhará por muito tempo.

Uma estranha, e admirável, mulher

[29/08/2010]

Este agosto assinala o centenário de falecimento de uma mulher cuja trajetória foi absolutamente fascinante. Estamos falando de Florence Nightingale (1820-1910), a criadora da moderna enfermagem (por causa dela este é também o Ano Internacional da Enfermagem, uma categoria que merece entusiásticos aplausos), e cuja vida, como se costuma dizer, daria um romance. Era de família próspera; os Nightingale viajavam constantemente pela Europa, o que aliás explica o seu nome: nasceu em Florença, a segunda das duas filhas do casal. Os pais eram pessoas religiosas, gente tradicional: Florence estava destinada a receber uma boa educação, a casar com um cavalheiro de fina estirpe, a ter filhos, a cuidar da casa e da família. Mas logo ficou claro que a menina não se conformaria a esse modelo. Era diferente; gostava de matemática, e era o que queria estudar (os pais não deixaram). Aos dezesseis anos, algo aconteceu: "Deus falou-me", escreveu depois, "e convocou-me para servi-lo". Um episódio que poderia caracterizá-la como uma mística, mas, diz o historiador Lytton Strachey, a moça estava longe de ser uma beata desligada da realidade. Servir a Deus significava, para ela, cuidar dos enfermos, e especialmente dos enfermos hospitalizados. Naquela época, os hospitais curavam tão pouco e eram tão perigosos (por causa da sujeira, do risco de infecção) que os ricos preferiam tratar-se em casa. Hospitalizados eram só os pobres, e Florence preparou-se para cuidar deles, praticando com os indigentes que viviam próximos à sua casa. Viajou por toda a Europa, visitando hospitais. Coisa que os pais não viam com bons olhos: enfermeiras eram consideradas pessoas de categoria inferior, de vida desregrada. Mas Florence foi em frente e logo surgiu a oportunidade para colocar em prática o que aprendera. Naquela época, Inglaterra e França enfrentavam Rússia e Turquia na guerra da Crimeia. Sidney Herbert, membro do governo inglês e amigo pessoal, pediu-lhe que chefiasse um grupo de enfermeiras enviadas para o front turco, uma tarefa a que Florence entregou-se de corpo e alma: cuidava incansavelmente dos pacientes, percorrendo enfermarias à noite; era a "dama da lâmpada", segundo a expressão do *Times* de Londres. Florence providenciava comida, remédios, agasalhos, além de supervisionar o trabalho das enfermeiras. Mais que isso, fez estudos estatísticos (sua vocação matemática enfim triunfou) mostrando que a alta mortalidade dos soldados resultava das péssimas condições de saneamento. Seus méritos foram reconhecidos, e ela recebeu uma importante condecoração da rainha Vitória.

Isso tudo não quer dizer que Florence fosse, pelos padrões habituais, uma mulher feliz. Para começar, não havia, em sua vida, lugar para ligações amorosas. Cortejou-a o político e poeta Richard Milnes, barão Houghton, mas ela rejeitou-o. Ao voltar da guerra, algo estranho lhe aconteceu: recolheu-se ao leito e nunca mais deixou o quarto. É possível, e até provável, que isso tenha resultado de brucelose, uma infecção crônica contraída durante a guerra; mas havia aí um óbvio componente emocional, uma forma de fuga da realidade. Contudo — Florence era Florence —, mesmo acamada, continuou trabalhando intensamente. Colaborou com a comissão governamental sobre saúde dos militares, fundou uma escola para treinamento de enfermeiras, escreveu um livro sobre esse treinamento.

Estranha, a Florence Nightingale? Talvez. Mas estranheza pode estar associada a qualidades admiráveis. Grande e estranho é o mundo, é o título de um livro do romancista Ciro Alegría; grandes, ainda que estranhas, são muitas pessoas. E se elas têm grandeza, ao mundo pouco deve importar que sejam estranhas.

Escritores e preconceitos

[09/11/2010]

Monteiro Lobato foi um notável escritor. Seus livros, que primam pela imaginação e pela visceral ligação ao modo de ser brasileiro, fizeram a cabeça de muitos leitores, entre os quais me incluo. Mas ele não estava imune aos estereótipos de seu tempo. Uma nota no Conselho Nacional de Educação (CNE) aponta referências consideradas desrespeitosas em relação aos negros, no livro *Caçadas de Pedrinho* (1933). E já em 1914 ele havia escrito, para *O Estado de S. Paulo*, dois artigos, "Urupês" e "Velha praga", queixando-se dos caboclos do interior, segundo ele inadaptáveis à civilização. O texto de maior impacto falava do Jeca Tatu, tipo apático e preguiçoso, "piolho de terra", versão humana dos urupês, plantas parasitas, inúteis. Esta posição certamente refletia a frustração do próprio Lobato, que várias vezes vira fracassar seus ambiciosos empreendimentos agrícolas e que portanto precisava culpar alguém. Os textos tiveram repercussão, o personagem ganhou popularidade, mas Lobato veio a se arrepender disso, ao ler o relatório "Saneamento do Brasil", dos médicos sanitaristas Artur Neiva e Belisário Pena, texto pioneiro que descrevia a espantosa miséria e a deprimente condição sanitária no interior do Brasil. Não eram poucos os brasileiros que sofriam de verminose, sobretudo a ancilostomose, que se acompanha de anemia, manifesta na palidez (o "amarelão") e na perda de energia. A solução estaria no saneamento básico (água, esgoto, coleta de lixo), que então se transformou numa causa, numa bandeira de luta. Para defendê-la, surgiu a Liga Pró-Saneamento (era a época das Ligas — o termo implica uma união cimentada por patriotismo não raro exacerbado).

A esta causa, converteu-se Lobato. O problema do Jeca Tatu, constatava-o agora, não era preguiça, era doença. O seu arrependimento aparece na quarta edição de *Urupês* (1918), em que diz, dirigindo-se ao imaginário Jeca: "Eu ignorava que eras assim, meu caro Tatu, por motivo de doenças tremendas. Está provado que tens no sangue e nas tripas um jardim zoológico da pior espécie. É essa bicharia cruel que te faz feio, molenga, inerte. Tens culpa disso? Claro que não". Amigo de Cândido Fontoura, farmacêutico que criara o famoso Biotônico, mistura de vários componentes, entre eles o ferro, que combatia a anemia, colaborou com ele escrevendo o *Almanaque do Jeca Tatu*. Ali explicava de maneira simples como as larvas dos vermes penetravam nas solas dos pés descalços (andar sem sapatos era a regra). Jeca Tatu e sua magra, pálida e triste família recuperam a saúde com o Biotônico Fontoura. O caboclo se transforma em fazendeiro rico, graças às "botinas ringideiras". Escritores não são necessariamente sábios, não estão livres de ideias equivocadas, como mostra o caso daqueles que aderiram ao nazismo e ao stalinismo. Mas daí a censurar obras, como pretendia a proposta apresentada ao CNE, vai uma distância grande, sobretudo porque censura sempre é condenável. Importante é fazer uma leitura crítica, a partir de notas acrescentadas às edições originais e a partir sobretudo da escola. Proposta que Jeca Tatu, do alto de suas botinas, aplaudiria com entusiasmo.

O primeiro hippie

[21/11/2010]

Leon Tolstói (1828-1910) foi não apenas um grande escritor, foi um tipo humano fascinante que, sob alguns aspectos, antecipou formas de pensamento e estilos de vida que depois viriam a caracterizar o século XX. Podemos dizer que foi, senão o primeiro, pelo menos um dos primeiros hippies, o resultado de uma trajetória intelectual e espiritual em que não faltaram momentos surpreendentes. O centenário de seu nascimento está sendo lembrado em todo o mundo este ano. De família rica e tradicional, filho de um conde, Tolstói nasceu em 1828 em Iásnaia Poliana, grande propriedade familiar. Frequentou a universidade, estudando Direito e idiomas, mas, aluno rebelde, abandonou o curso. Passava muito tempo em Moscou e em São Petersburgo, levando uma vida boêmia e acumulando pesadas dívidas de jogo. Talvez para escapar a esta situação, alistou-se no exército e começou a escrever. Resultou daí uma notável obra, expressa em contos, em romances, como *Anna Kariênina* e *Guerra e paz*, em ensaios. Seus textos conquistaram a admiração de escritores como Flaubert, Dostoiévski e Tchekhov, e tornaram-no famoso.

Aos poucos, Tolstói foi optando por um caminho que, filosoficamente e politicamente, caracterizava a sua independência e sua rebeldia. Depois de presenciar uma execução pública em Paris, concluiu que o Estado "é uma conspiração para explorar e corromper cidadãos". Embora influenciado pelo anarquista Pierre-Joseph Proudhon (de quem copiou o título de um livro, *La guerre et la paix*), não aderiu ao anarquismo; mas resolveu dedicar-se à gente pobre, comum. Em Iásnaia Poliana, fundou várias escolas que proporcionavam um ensino livre, democrático. Era um cristão fervoroso, mas não convencional, que buscava sua própria interpretação dos livros sagrados. Admirador de Buda e de são Francisco de Assis, acabou excomungado pela Igreja Ortodoxa Russa, e, numa época, era vigiado pela polícia do tsar. Pacifista convicto, influenciou o líder hindu Mahatma Gandhi, que, através do movimento de resistência não violenta, conseguiu que a Índia se tornasse independente da Grã-Bretanha. Achava que a aristocracia era opressora, opunha-se à propriedade privada e ao casamento; valorizava a castidade, não bebia nem fumava, era vegetariano e usava roupas simples de camponês, renunciando inclusive à sua riqueza e até aos direitos autorais (um escritor que era, portanto, o sonho dos editores).

A família (era casado com a filha de um famoso médico e teve com ela treze filhos) não aceitava o que era considerado um extravagante modo de vida. Aos 82 anos, Tolstói decidiu fugir de casa; fê-lo de trem, em gélidos vagões de terceira classe. Contraiu pneumonia e morreu em 20 de novembro de 1910, na estação ferroviária de Astápovo. Àquela altura era uma personalidade universal e, apesar de não ter nada a ver com o comunismo, foi prestigiadíssimo na finada União Soviética. Para os hippies dos anos 60, tornou-se um modelo, e havia até colônias com seu nome. Certamente no musical *Hair*, celebração desse movimento, ele teria um papel importante. Basta lembrar uma única frase dele, que aparece no começo de *Anna Kariênina*: "Todas as famílias felizes são iguais, mas cada família infeliz é infeliz à sua maneira". Bota sabedoria nisso.

III. OUTRAS HISTÓRIAS

Conversa entre irmãos

[13/08/1980]

— Devo te confessar, mano, e com muito pesar, que me enganei contigo. Que as coisas mudaram, mano. Quando éramos crianças, mano, andávamos sempre juntos. Pensei que continuaríamos toda a vida assim, inseparáveis.

— Isso eram os Irmãos Siameses, mano.

— É. Os Siameses. Estávamos sempre nos metendo em aventuras, te lembra, mano? Brigando com os vizinhos, essas coisas de moleque. Pensei que continuaríamos sempre assim, os dois aventureiros.

— Isso eram os Irmãos Corsos, mano.

— Pois é. Os irmãos Corsos. Lembro desse livro, mano. Quando chegou a adolescência tivemos crises existenciais, te recordas, mano? Tu muito religioso, eu menos... Pensei que continuaríamos sempre unidos por esse contexto dramático, mano.

— Isso eram os Irmãos Karamázov, mano.

— Pois é. Aqueles russos, certo? Agora, mano, devo te confessar que essas coisas muito sérias não servem. Sempre gostei de uma boa farra, de fazer brincadeiras engraçadas, de um porre de vez em quando... Pensei que me acompanharias, mano.

— Isso eram os Irmãos Marx, mano.

— Eu sei, mano. E com esse negócio de extravagâncias, fui gastando, me meti em dívidas. Lá pelas tantas, tive de dar um gole, mano. Arranjei um dinheiro não muito limpo... Mas isso não era razão para te zangares comigo, mano. Pensei até que pudéssemos ser sócios na malandragem.

— Isso eram os Irmãos Metralha, mano.

— E agora, mano, me atiras às feras, me deixas na rua da amargura. Logo tu, que estás sempre falando na Bíblia.

— Pois é mano, a Bíblia. Não te lembras de José e seus irmãos?

— Mas bem que podias me ajudar, mano. Afinal és o presidente dos Estados Unidos, derrotaste o Kennedy na convenção democrata.

— Tudo certo, Billy. Mas, acaso sou eu o guarda do meu irmão?

Setenta anos depois

[08/11/1987]

A expectativa de vida na União Soviética, no ano em que a Revolução Russa completa seu septuagésimo aniversário, é de cerca de setenta anos. Isto significa que, daqueles que nasceram no longínquo ano de 1917, poucos estarão vivos para celebrar o que é, sem dúvida o grande evento político deste século.

Setenta anos é pouco tempo na vida das nações, mas é muito tempo para as pessoas. Duas ou três gerações nasceram na União Soviética depois da Revolução; pessoas que nunca conheceram outro regime que não o socialista. Que tipo de vida levam estas pessoas? Melhor, sem dúvida, que a de seus antepassados. O Império Russo, autocrático, corrupto, violento, governado por soberanos dominados pelo sinistro Rasputin, era o que havia de retrógrado na Europa; a tal ponto que Marx não acreditava pudesse ali eclodir uma revolução social. Marx, porém, era brilhante nos seus diagnósticos, não em seus prognósticos; jamais poderia ele imaginar que a Guerra Mundial, associada a uma crise de vastas proporções, colocasse o "colosso tsarista de pés de barro" na senda revolucionária. Lênin, líder genial, volta de seu exílio num trem blindado, desembarca na Estação Finlândia, assume o comando do movimento, e numa reunião memorável no Palácio de Inverno tomado ao tsar, pôde anunciar aos esfomeados e enregelados delegados bolcheviques:

— Iniciamos agora a construção do socialismo.

E foi construído o socialismo? Não haverá neste mundo duas pessoas que tenham resposta idêntica a esta pergunta. Não há dúvida de que a vida na União Soviética mudou muito, e mudou para melhor; as questões que ficam são: não se teria obtido o mesmo resultado, ou melhor, sob um regime capitalista? O preço pago em vidas humanas, em sofrimento, em privação da liberdade foi compensado por esta melhora?

Questões espinhosas. Durante o período stalinista morreram, segundo os historiadores soviéticos, 1 milhão de pessoas; 20 milhões, segundo estimativas ocidentais. Será que as vidas poupadas pela melhor distribuição de riqueza, pelo sistema de proteção social, atingem uma ou outra destas cifras? Os cálculos de benefício-custo nem sempre são fáceis, particularmente quando realizados no calor da polêmica política.

Mesmo admitindo as melhoras, é certo que a União Soviética não é o melhor dos mundos de que falava o dr. Pangloss, de Voltaire, e muito menos o paraíso socialista sobre a Terra. Há escassez de alimentos e bens, há o atraso tecnológico (televisores que explodem etc.), há alcoolismo, há corrupção. E, acima de tudo, há o Poder. Um Poder monolítico, impenetrável, apoiado numa burocracia que se eterniza.

Diz-se que a Revolução devora seus filhos. É verdade. Mas isto só acontece depois que a Revolução é, ela mesma, devorada pelo poder. A religião, dizia Marx, é o ópio dos povos; o poder é o ópio dos revolucionários. Porque o poder é o polo que atrai implacavelmente qualquer movimento revolucionário. Um empresário capitalista tem duas formas de satisfazer sua ambição pessoal: pelo poder e pelo dinheiro. Com o dinheiro ele pode comprar a subserviência de empregados, a bajulação de amigos, o encanto de mulheres bonitas; e pode abrir mão de um pouco de poder. Mas, quando o dinheiro não pode ser utilizado, tudo passa a girar em torno à questão de quem tem mais telefones, mais servidores, mais carros à disposição, mais metros quadrados na sala, mais tapete vermelho sob os pés, mais autoridade sobre os adversários. O socialismo aspira, naturalmente, ao poder; mas este poder é uma faca de dois gumes. Ele destrói os ideais que um dia o justificaram.

Fora dos círculos do poder, entretanto, a vida continua. Os bebês nascem, as crianças brincam, os jovens ouvem músicas, sonham, fazem amor; os adultos trabalham, os velhos evocam o passado. O povo é imortal, dizia a literatura do realismo socialista na década de 30. Não é bem verdade, mas é quase — particularmente para o povo russo, que enfrentou a fome, a doença, o espantoso massacre nazista da Segunda Guerra, e sobreviveu. A Revolução Russa mudou o mundo em que vivemos; os pobres da Terra ouviram o apelo da Internacional — de pé, ó vítimas da fome — e nunca mais se puseram de joelhos. Os operários aprenderam a reivindicar, e suas ameaças se tornaram reais. O capitalismo foi obrigado a entregar os anéis para ficar com os dedos. E é uma irônica coincidência que o septuagésimo aniversário da Revolução Russa tenha coincidido com o abalo do mercado mundial de ações — o coração mesmo da livre iniciativa.

Uma data de emoções ambivalentes, pois. E uma homenagem deve ser feita, nesta ocasião: aos bravos e generosos militantes dos movimentos que acreditam num mundo melhor. Os velhos comunistas não morrem. Eles vivem nas nuvens, conspirando para tomar o Reino dos Céus.

História de mãe

[08/05/1988]

O folclore consagrou a mãe judia como o protótipo da ansiedade e da superproteção maternal. Pode haver um certo exagero nisto, mas a verdade é que se a mãe de Freud não fosse judia, o complexo de Édipo não teria sido inventado e, o que é pior, a novela *Mandala* não teria existido, apesar de toda tentação incestuosa representada por uma mãe estilo Vera Fischer (Toni Carrado que o diga). A propósito: conta-se que um psicanalista chamou a mãe (judia) de um paciente e lhe disse: "Tenho de lhe informar, minha senhora, que seu filho sofre do complexo de Édipo". E ela, muito otimista: "E daí? Ele pode sofrer de qualquer coisa. Desde que ame sua mãe, tudo bem".

Esta historinha é apenas uma das dezenas que existem sobre mães judias. Aqui vai uma outra, preparada especialmente para hoje.

Pois dizem que a primeira expedição ao polo Norte era constituída por exploradores e cientistas de variada procedência, entre eles um judeu. Enquanto iam caminhando em meio àquela imensa solidão branca, evocavam, com muita saudade, suas respectivas mães. E, naturalmente, cada um pretendia ter a melhor mãe do mundo, argumentando com capacidades alimentadoras. Minha mãe, dizia o alemão, é capaz de saltar da cama a qualquer hora da noite para me preparar um *apfelstrudel*. E minha mãe, dizia o italiano, levanta de madrugada para preparar a massa da minha macarronada. E assim por diante. Só um não falava: era o médico da expedição, um judeuzinho que avançava encolhido, carregando sua maletinha.

— E sua mãe? — perguntaram os outros. — O que é que ela faz por você?

O judeuzinho não dizia nada. Deve ser uma mãe muito desnaturada, observou alguém, para que você não tenha nada de bom a dizer a respeito dela.

O judeuzinho, quieto. De repente — já estava chegando ao polo Norte — avistaram lá longe algo que parecia uma pessoa. Impossível, diziam, todo mundo sabe que ninguém chegou aqui. Chegaram mais perto e constataram: era uma mulher, sim.

A mãe do judeuzinho esperando o filho com um prato de sopa quente.

Esta história, naturalmente, homenageia a memória de Sara Scliar, que saltava da cama para fazer comida para o filho, que levantava de madrugada para estender a massa e que deve estar em algum lugar deste vasto universo (incluindo o polo Norte) com um prato de sopa quente para seus filhos.

Punta Brás

[15/01/1989]

Encontraram-se numa tarde quente, no centro da cidade. Remião, sempre efusivo:

— Pedro! Venha de lá um abraço!

Entraram num bar para tomar uma cerveja. O que é que você anda fazendo, perguntou Pedro.

— Você sabe que deixei Brasília, não sabe?

— Não sabia.

— Pois é. Larguei o Ministério. Aquilo não tinha jeito, sabe? Vi que ia ficar marcando passo para o resto da minha vida. Serviço público no Brasil não anda. De modo que resolvi trabalhar por conta própria.

Sorriso matreiro:

— Mas aproveitando minhas conexões, que não são poucas, você sabe.

Pedro sabia. Remião tinha amigos em todos os escalões do governo, conseguia o que queria.

— Agora mesmo — continuou — estou desenvolvendo um

projeto fantástico. Aliás, foi bom eu encontrar você. Tenho certeza que isto vai te interessar.

Inclinou-se para a frente:

— Você gostaria de ter uma casa em Punta del Este?

Bem que Pedro gostaria. Na verdade, era um de seus sonhos. Mas como realizá-lo?

— Não tenho dinheiro para isto, Remião.

— Tem sim. Você não sabe, mas tem.

— Tenho nada, Remião. Lá tudo é em dólar.

— Você está falando na Punta del Este do Uruguai. Eu estou falando na Punta del Este brasileira.

Pedro não estava entendendo mais nada. Punta del Este brasileira? Remião riu, explicou:

— Isto é um projeto do governo que eu descobri, pouco antes de sair de Brasília. Eles querem fazer aqui — aqui mesmo, no litoral de Santa Catarina — uma praia que vai dar de dez a zero em Punta del Este. Vai ter tudo o que você pode imaginar: hotéis cinco estrelas, aeroporto, shopping centers, teatros, cinemas, centro de convenções. E um cassino.

— Cassino? — admirou-se Pedro.

— É. Porque estão querendo liberar o jogo, sabe? Acham que vai aumentar em muito a arrecadação federal, além de atrair turismo. Mas como há muita gente contra, eles querem fazer a coisa gradualmente. E vão começar nesta praia. A Punta del Este do Brasil. Punta Brás, se você quiser. Espera, vou te mostrar.

Abriu a pasta, tirou de lá uma planta, abriu-a sobre a mesa e foi mostrando:

— Aqui é onde vai ficar o cassino... Aqui é o aeroporto. Aqui vai ter uma coisa sensacional, que é um restaurante submarino, com escotilhas e tudo. Você já se imaginou almoçando no meio dos peixes? Loucura, cara. E aqui estão os terrenos. Sabe quem já comprou?

E começou a desfiar uma lista de nomes: as maiores fortunas do Brasil.

Naturalmente eles já adquiriram os melhores lotes. Mas ainda tem coisa muito boa. Eu tenho dez para vender, e estou reservando para os amigos. Você era o primeiro da lista.

— E quanto é? — Pedro, fascinado mas ao mesmo tempo temeroso.

Remião disse o preço. Não era tão alto quanto ele pensava. Na verdade, já estava até em condições de pagar a primeira prestação — o que fez ali mesmo, no bar. E aí manifestou desejo de conhecer o lugar.

— Eu te explico como chegar lá. Aliás, vou te dar uma ideia: você ainda tem aquele trailer, não tem? Passa uns dias lá, rapaz, você vai ver que beleza. Este ano ainda dá para fazer isto. No ano que vem, não: você não vai querer acampar no meio das mansões, vai? Mas neste verão, tudo bem. Vai lá.

Pedro foi. E é o que tem feito nos quatro últimos anos: acampa com a família numa praia deserta, onde estacas demarcam o lugar do futuro teatro, do futuro centro de convenções e do futuro cassino. De vez em quando ele arranca uma delas para fazer fogo. Aos amigos, diz que passa o verão em Punta del Este. O que não deixa de ser — em parte, ao menos — verdade.

O vegetariano

[19/08/1998]

Eu pedi o filé da casa, ele disse que comeria apenas uma salada. Perguntei se estava doente, ele disse que não: apenas não comia carne.

— Não sabia que você é vegetariano.

— Eu não era. Fiquei.

— Motivos religiosos, alguma coisa assim?

— Não. Foi o boi.

E como eu estranhasse, explicou:

— Pois é, o boi. Mas deixa eu contar como ele apareceu em minha vida. Eu gostava muito de carne, como você. Picanha, filé, costela, traçava tudo, pedia mais. Um carnívoro, em suma. Um dia, estou sozinho num restaurante — você sabe que me separei — e muito entretido numa costela gorda, quando de repente levanto os olhos e dou de cara com o boi. Sentado na cadeira à minha frente.

— Um boi?

— Um boi. A princípio, pensei que estava delirando, que tinha bebido demais. Mas não, o boi estava ali. Sentado, assim como se fosse o Minotauro. Conhece o Minotauro, aquele monstro mitológico, com cabeça de touro e corpo humano? Pois é. Só que este era um boi completo. E estava sentado.

— Fazendo o quê?

— Nada. Só me olhando, e olhando o meu prato. E eu sabia o que ele queria dizer: "Esta costela que você está devorando era de uma comadre minha. Coitada".

— E você?

— Bem, para apaziguá-lo, resolvi pedir comida. Pedi salada, pedi massa, pedi pão, pedi sobremesa. Ele comia de tudo. Comia como um boi. Mas sem tirar os olhos do meu prato. Uma coisa muito embaraçosa.

— E daí?

— Daí que cada restaurante que eu ia, ele estava lá. E nem podia pedir ao gerente para retirá-lo. Ninguém o via, só eu. E o boi ali, com aquele olhar acusador.

— Foi por isso que você resolveu se tornar vegetariano...

— Não. — Ele indignado. — Não foi por isso. Foi pela sacanagem. Você vê, o boi comia, comia, comia — e nunca se ofereceu para rachar a conta! Era demais. Sentimento de culpa é uma coisa, exploração é outra. Parei de comer carne, ele desapareceu. E vegetariano continuarei.

Sorriu, melancólico.

— Até o dia em que um pé de alface sente à minha frente e me olhe com ar acusador.

A arte secreta de pedir esmolas

[12/01/1992]

O Nilson Souza contou, em um "Informe Especial" da semana passada, que os turistas brasileiros têm uma surpresa em Montevidéu: lá não há mendigos, ou, pelo menos, eles não são visíveis. Se assim for, deve-se esperar que o Mercosul corrija esta anomalia. Porque os pedintes que faltam no Uruguai estão sobrando aqui. Aqueles que ficaram em Porto Alegre neste janeiro mostram-se impressionados com a quantidade de pessoas que tocam a campainha pedindo um trocado. E como a paranoia anda solta, há uma hipótese para isto: trata-se de uma espécie de batalhão precursor dos assaltantes. Prefiro crer que se trata da crise propriamente dita.

Mas não há dúvida de que o perfil do mendigo mudou. Não se trata mais do humilde esfarrapado de outrora. Em alguns casos é possível identificar alguém que já foi classe média e a quem o desemprego obrigou a uma situação humilhante. É um fenômeno que se vê também nos Estados Unidos. Abre-se a porta do metrô, entra um *homeless*, um daqueles desabrigados que perambulam pelas ruas das grandes cidades, e, copo plástico na mão, faz um pronunciamento completo (mas dimensionado para durar o tempo que leva de uma estação a outra) sobre a gravidade da situação econômica, terminando por pedir uma colaboração. Que ninguém dá. Talvez seja um protesto contra tanto discurso, mas a verdade é que se vai perdendo aos poucos a sensibilidade. No fim, a compaixão cede lugar ao enfado puro e simples.

Talvez a forma de evitar este endurecimento seja praticar um pouco a arte de pedir esmola, assim como o *paintball* nos dá um pouco a sensação da guerra de guerrilha (agora em extinção: vide El Salvador). Baseado nesta ideia, Joracy Camargo escreveu uma peça que fez muito sucesso. Chamava-se *Deus lhe pague* e contava a história de um milionário que, devidamente disfarçado, sentava à porta de uma igreja para pedir esmola. O que fazia com uma técnica soberba: para as solteironas, por exemplo, solicitava um trocado "pelo amor de santo Antônio", padroeiro dos casamentos.

Já passei, até certo ponto involuntariamente, por esta experiência. Eu estava no aeroporto de Nova York, voltando para o Brasil, e resolvi comprar o *New York Times*. Uma atitude masoquista: eu só ficaria sabendo o que perderia de peças e concertos, mas compreensível num leitor voraz. Fui até a banca, mas aí constatei que me faltavam dez centavos. Não que eu estivesse duro: tinha *traveller's checks* de cem dólares, mas estes o homem obviamente não aceitava. Por causa de dez centavos eu não ficaria sem jornal. Resolvi pedir emprestado a um cavalheiro — desconhecido, claro — que ali estava. Considerando o montante da dívida brasileira, aquilo não representava muito.

Para tal decidi recorrer a uma frase que se tornou tragicamente comum à época da Grande Depressão americana: "*Buddy, can you spare a dime?*" — que os desempregados usavam, sem, aparentemente perder a dignidade. Afinal um *dime* (pronuncia-se "daime" como em Santo Daime, uma coincidência que não deve ser inteiramente fortuita) não é muito. De modo que me dirigi ao homem: "*Buddy, can you spare a dime?*".

O resultado foi extraordinário. Pelo jeito, o homem não vivera a Depressão, nem sabia nada a respeito, porque simplesmente não entendeu o que eu disse. Pensou que eu tivesse perguntado pelo *time*. Olhou o relógio e me disse as horas. Não, eu disse, o que eu quero é um *dime*. Talvez tenha usado um tom um pouco brusco — décadas de antiamericanismo fazem seu efeito; o certo é que o homem empalideceu, botou a mão no bolso, tirou um punhado de moedas, colocou-as sobre o balcão e desapareceu.

Não foi, aliás, minha única experiência desconcertante nos Estados Unidos. Em novembro do ano que passou, eu estava com Judith em Miami e fomos tomar aquele trem elevado deles. Já era noite, a estação estava deserta, e o trem não aparecia. Teria sido suspenso o serviço? Avistei um homem parado mais adiante e resolvi perguntar-lhe a respeito. Quando me aproximei, ele arregalou os olhos e simplesmente desapareceu nas sombras. Neste momento chegou o trem, e entramos. A porta ainda estava aberta quando o homem apareceu. Viu-me, arregalou os olhos de novo — e de novo fugiu.

Convenhamos, para um brasileiro classe média são feitos gloriosos. Rambo faria melhor, claro. Mas Rambo não precisa meter medo em passageiros de metrô. Nem precisa de um *dime*.

O amigo secreto

[24/12/1995]

Amigo secreto, que grande ideia. Permite que a eventual modéstia do presente que se dá ou recebe fique oculta pelo piedoso véu do anonimato. O mais importante, porém, é a própria, ainda que fugaz, existência de um amigo secreto, alguém que pensa em nós, que se preocupa por nós porque é a sua obrigação. Quase como nosso pai ou nossa mãe. Quase como Deus. É verdade que Deus não recebe presentes de fim de ano, mas isto é porque ele não vai a festas de amigo secreto. Há um pequeno problema com o presente que se recebe do amigo secreto. É que não dá para trocar. Se é um livro que já temos, ou uma gravata medonha, ou um cinto que dá duas vezes a volta na nossa cintura, não importa: é nosso, teremos de ficar com o presente. "Pessoal, quem me deu essa coisa horrorosa? Forneça-me a nota, por favor que quero trocar." É possível? Não, não é possível. Cara de pau tem limite, mesmo — e sobretudo — nas festas natalinas. Ficamos, sim, com o presente. Amigo é pra essas coisas. Sobretudo amigo secreto. Existe uma alternativa, porém. É passar a coisa adiante. O que já gerou mais de uma história curiosa. Na festa do escritório, Pedro ganhou um presente do amigo secreto. O embrulho era muito bonito, mas ele estava seguro de que não gostaria: tinha muito azar nessas coisas. Não deu outra. Era um porta-retratos, mas medonho, uma coisa kitsch, pintada de um vermelho ofensivo. Na hora, ele ocultou a decepção: mostrou o porta-retratos aos colegas, disse que era exatamente aquilo que estava esperando; mas saiu decepcionado. Não se deu por achado, contudo. Naquele mesmo dia tinha uma festa de amigo secreto no clube onde jogava futebol de salão. Refez cuidadosamente o embrulho, e colocou nele um cartãozinho, destinando-o a seu amigo secreto, o Evaldo. Evaldo não era um homem de fino gosto, mas não deixou de ficar chocado com o porta-retratos. Que coisa monstruosa, pensou. Mas, tal como Pedro, não revelou a sua contrariedade, fazendo, em público, um efusivo agradecimento. Ao sair do clube, pensou em jogar o porta-retratos fora; mas aí se lembrou que ainda tinha uma festa de amigo secreto, organizada pelos empregados da pequena firma de limpeza da qual era um dos proprietários. Seu, até certo ponto malévolo, raciocínio era de que para gente humilde qualquer porta-retratos escroto serve. Como Pedro, refez — com certa dificuldade, pois o papel prateado ameaçava rasgar — o embrulho e levou-o para a festa. Estava cometendo um erro de cálculo. Por uma dessas ironias do destino, tão comuns em festas de fim de ano, o amigo que lhe cabia presentear era o seu próprio sócio. Quando se deu conta, era tarde demais; não dava nem tempo para correr no supermercado e comprar uma garrafa de uísque importado. De modo que Alberto, o sócio, acabou recebendo um porta-retratos. Achou um espanto, aquilo, mas agradeceu etc. A história poderia se prolongar indefinidamente, mas a vida humana é limitada e há um momento em que terminam as festas de amigo secreto. Alberto não tinha para quem dar o porta-retratos. Saiu da firma aborrecido, e pensando em terminar de vez a sociedade com o Evaldo: "Tenho certeza de que este canalha anda me sacaneando. Este presente é uma prova". Ia jogá-lo no lixo. Mas aí, enquanto abria a porta do carro, um garotinho se aproximou — bem cuidado, tio! — e Alberto instantaneamente descobriu o que fazer com o porta-retratos: "Não tenho trocado, meu filho, mas aqui está um presente pra ti". Entrou no carro e partiu. O garoto sentou na calçada, abriu o embrulho e — suave milagre — ficou deslumbrado com o que recebera. Um porta-retratos, que maravilha! E naquele momento mesmo decidiu: se um dia tirasse uma fotografia, ele a colocaria no porta-retratos vermelho.

Terrores culinários

[10/03/1996]

Em termos de cozinha, sou um homem de gostos relativamente simples. Qualquer tipo de comida honesta me satisfaz, e estou tão à vontade, ou mais à vontade, em uma lanchonete quanto num restaurante sofisticado. Nestes, sou às vezes incapaz de interpretar o menu, como aconteceu em Paris, quando fui convidado por meu editor, homem de fino gosto, para almoçar, junto com escritores e jornalistas, num famoso restaurante do Quartier Latin (o nome não recordo, mas isto só fala de minha má memória, não da categoria do estabelecimento). Cometi então duas gafes memoráveis. Quando me perguntaram que vinho eu tomaria, optei por suco de laranja, o que já causou visível mal-estar. Depois, veio o cardápio e — para meu horror — verifiquei que era incapaz de identificar os pratos, disfarçados que estavam por complicados nomes em francês. Finalmente reconheci uma palavra familiar — brócolis — e foi o que pedi. Fez-se um ominoso silêncio, e meu anfitrião foi obrigado a dizer, a contragosto, que aquela não era a estação de brócolis. Nesse momento, fui milagrosamente salvo pelo *maître*, que, ofendido em seus brios, pediu licença para declarar que, em seu restaurante, qualquer estação era estação de brócolis: eles os cultivavam em estufas. Uma amostra foi trazida, e examinada pelo editor como se se tratasse de um original submetido a publicação. Os brócolis finalmente aprovados, eu consegui almoçar. Tomando suco de laranja.

Mas eu não preciso ir longe para sofrer. Uma vez, o grande Giovanni, ali da Miguel Tostes, convidou ao Luis Fernando Verissimo e a mim para um almoço especial em seu conhecido restaurante. Tratava-se de uma surpresa, garantiu, um prato que ele mesmo prepararia. No dia, lá estávamos, Luis Fernando e Lúcia, Judith e eu.

Como eu disse antes, tenho gostos simples e como de tudo, com algumas exceções. Miolos, por exemplo, me causam um horror existencial. Corações também; jovem residente numa enfermaria de cardiologia, dissequei tantos deles na mesa de necrópsia que nunca mais pude olhar para um. E finalmente, frutos do mar, pelo qual tenho uma aversão bíblica. Bíblica, sim: o Levítico proíbe essas coisas e eu, apesar de não ser religioso, dou força. Coisas gelatinosas, coisas com tentáculos me apavoram. Neste ponto sou como Woody Allen, que sempre se recusou a comer ostras vivas. Quero minha comida morta, dizia, nem doente, nem se sentindo mal — morta, completamente morta.

Pois o prato-surpresa do Giovanni era exatamente isso, risoto de frutos do mar. Quando vi, entrei em pânico, sobretudo porque o próprio Giovanni sentara à nossa mesa para partilhar conosco o prazer da refeição. Entreguei-me de imediato à penosa tarefa de separar os grãos de arroz dos monstros marinhos, o que deixou surpreso e intrigado o dono da casa. De alguma forma, contudo, consegui comer algo, o suficiente para absolver-me do pecado da ingratidão.

Mas os frutos do mar têm tentáculos longos e perversos. Em Nova York encontrei o Paulo Francis, que gentilmente me convidou para almoçar num belo restaurante chamado Gioanni (notem a semelhança; nomes condicionam destinos). De novo, haveria uma homenagem do dono do estabelecimento, mas desta vez não me assustei porque o prato anunciado (esta expressão me lembra a morte anunciada de García Márquez) era *risotto nero*. Por mim — não tenho qualquer preconceito — o risoto podia ser negro. Desde que...

No dia marcado, lá estávamos, e veio a enorme travessa fumegante: arroz coberto de uma substância preta. Comecei a comer e de imediato me deparei com algo estranho, que — em desespero — decidi tratar-se de brotos de feijão. Brotos de feijão, num risoto? Bem, sou ficcionista.

Aos trancos e barrancos consegui liquidar a minha porção, e queria esquecê-la para sempre, quando o Francis perguntou: que tal esse risoto de frutos do mar?

Que eu tenha sobrevivido a essa revelação dá uma ideia de minha fortaleza física e moral. Eram tentáculos mesmo o que eu tinha comido. Desde esse dia, sou um pouco polvo, um pouco marisco. E arroz algum me salvará disso, por mais puro e branco que seja.

Aconteceu no metrô

[25/07/1999]

No metrô de São Paulo, perguntei à moça sentada próxima a mim qual seria a melhor estação para chegar à Pinacoteca. É a estação Tiradentes, respondeu ela, depois de uma pequena hesitação.

O rapaz sentado ao lado dela pediu licença para discordar: a estação da Luz fica muito perto da Pinacoteca, ponderou. De fato, admitiu ela, a estação da Luz é mais próxima, mas é também mais perigosa, volta e meia ocorre ali um assalto. O rapaz disse que nunca tinha ouvido falar disso. Ela então contou de um amigo que havia sido assaltado naquela estação, poucos dias antes, coisa muito feia. Ele então contou de um assalto ocorrido na estação Tiradentes, mas tinha sido algo cômico — o assaltante estava bêbado, acabou caindo na escada — e os dois riram. Outras histórias de metrô surgiram, porque essa viagem não era curta, e aí descobriram, para surpresa de ambos, que eram quase vizinhos. Ele perguntou o que ela fazia. Eu estudo contabilidade, disse ela, e você? Ele tinha começado a faculdade de economia, mas abandonara no meio para trabalhar. Tinham assim uma afinidade por números, além de outras prováveis afinidades. Quando saí do metrô, eles conversavam animadamente. Gosto de pensar que saíram dali juntos, que marcaram um encontro para aquela mesma noite, que já estão namorando e que breve se casarão; quando tiverem um filho, quererão dar a ele o nome do homem do metrô cuja pergunta os aproximou, mas então se darão conta de que não sabem que nome é e que isso também não tem muita importância.

Em tempo: desci do metrô na estação Tiradentes. Mas voltei ao destino pela estação da Luz. O que talvez também queira dizer alguma coisa.

Três histórias da História do Brasil

[23/04/2000]

1. O HOMEM QUE NÃO QUIS SER REI

O título é de uma história de Rudyard Kipling, mas bem poderia ser aplicado a um insólito episódio de nossa história. O ano é 1641. O Brasil é ainda colônia de Portugal que, em dezembro de 1640, conseguira libertar-se do domínio espanhol. Cerca de um mês depois a notícia chega à cidade de Piratininga. A futura capital paulista não teria então mais do que mil habitantes, divididos entre portugueses e brasileiros.

Os portugueses vibraram com a boa-nova e quiseram de imediato fazer um público juramento de lealdade ao novo rei luso, d. João IV. Aos brasileiros, outra ideia ocorreu: já que Portugal se libertara da Espanha, por que não podia o Brasil se libertar de Portugal?

De imediato organizou-se uma manifestação pública, com participantes entusiasmados clamando pela independência.

Só havia um problema: Portugal tinha o seu rei, o Brasil não. Mas logo um nome brotou de várias gargantas, o de Amador

Bueno da Ribeira. Rico, inteligente, digno, tinha todo o perfil de um rei. Foram pois todos à casa de Amador Bueno para comunicar-lhe que ele agora era o rei do Brasil. Só que Amador Bueno recusou o convite. Claro: não tinha palácio, não tinha governo, não tinha tropas para enfrentar Portugal. Ser rei era mais que uma fria, era uma gelada. A multidão, no entanto, não queria papo: ou aceita ou morre, era o que gritavam. Sem outra alternativa, Amador Bueno fugiu pela porta dos fundos. Fugiu para não ser rei. E foi pedir asilo no Mosteiro de São Bento. Hoje, quando os políticos agarram-se ao poder com unhas e dentes, é bom lembrar: houve, um dia, um brasileiro que não quis ser rei.

2. "PAPAI, O SENHOR ME VENDEU"

O ano é 1840. A cidade, Salvador da Bahia. É lá que vive um menino chamado Luís Gama. É um menino feliz, o filho de um casamento pouco habitual: o pai é um fidalgo português, a mãe, uma negra, dona de quitanda.

A mãe trabalha. O pai joga. Joga muito. Perde fortunas. Isso não impede que seja amável e carinhoso com o filho. Cuida dele, leva-o a passear.

Um dia — 10 de novembro de 1840 —, o homem chega em casa e anuncia que vai levar o pequeno Luís para conhecer um navio que está ancorado no porto. O menino, entusiasmado, aceita. De bote vão até o Saraiva. O pequeno Luís Gama corre de um lado para outro, deslumbrado. De repente, para. Onde está o pai? Procura-o, não o encontra em lugar algum. Corre até a amurada. Lá está o homem, afastando-se no bote que o trouxera, e garantindo que volta já. De imediato o garoto dá-se conta:

— Papai, o senhor me vendeu!

Verdade: para ter dinheiro, e continuar jogando, o pai o

vendera como escravo. Luís Gama é levado para o Rio de Janeiro e depois para São Paulo. O alferes Antônio Cardoso, que o comprara, não consegue revendê-lo: Luís Gama é criança demais. Fica, portanto, com o menino.

Trabalha na casa — e estuda, com um jovem que é hóspede do alferes. Mais tarde, torna-se soldado, e depois escrivão de polícia. E estuda, estuda sem parar. Torna-se poeta, jornalista, advogado, líder abolicionista. Uma história de sucesso. Uma história de tristeza infinita: Luís Gama, como muitos outros brasileirinhos, foi separado de sua mãe para sempre. Em nome dela, e em nome de muitos outros explorados, lutou até o fim.

3. OS RATOS DO AMARAL

Rio de Janeiro, 1903. Oswaldo Cruz é nomeado, pelo presidente Rodrigues Alves, diretor de Saúde Pública, cargo equivalente hoje ao de ministro da Saúde. Ao assumir, recebe uma decisiva missão: sanear o Rio de Janeiro. A então capital federal era assolada por várias pestilências: febre amarela, peste bubônica, varíola. Os navios estrangeiros recusavam-se a ali aportar. O café, principal fonte de divisas para o país, não podia ser exportado. A dívida externa — já naquela época! — crescia sem parar. Sanear o Rio é salvar o Brasil.

Competente — ele acaba de voltar de um estágio no Instituto Pasteur, em Paris —, dedicado, resoluto, Oswaldo Cruz atira-se à tarefa com férrea determinação. Atacará doença por doença, por meio de campanhas sanitárias. A primeira, tendo como alvo a febre amarela, baseia-se no combate ao mosquito que, conforme demonstrado por Carlos Finlay em Cuba, é o transmissor da doença. Uma ideia que muitos, médicos inclusive, ridicularizam. Mas Oswaldo vai em frente e consegue diminuir substancialmente o número de casos.

O alvo seguinte é a peste bubônica, transmitida por uma pulga do rato. Trata-se, pois, de exterminar os roedores. Como foi feito em outros países, Oswaldo oferece uma quantia, 300 réis, para cada rato capturado. De novo, zombarias — e um bom negócio. Um homem chamado Amaral monta um esquema para vender ratos — muitos dos quais criados para este fim — ao governo. Breve, ele é credor de quase dez contos de réis (o equivalente a uns 30 mil ratos). A quantia desperta suspeitas, Amaral é preso e confessa: sim, vendia ratos ao governo, mas ratos criados no Rio — ele não fazia como outros, que traziam ratos de estados vizinhos ou até de navios estrangeiros. Como dizia uma popular composição da época, dedicada aos ratos:

Vou provar-te como sou mau.
Meu tostão é garantido
não te solto nem a pau.

Aflição dos escritores

[29/10/2000]

AFLIÇÃO Nº 1: OS LIVROS COMO PERSEGUIDORES IMPLACÁVEIS

Como muitos escritores, passei boa parte de minha vida correndo atrás de livros — obras que me servissem de modelo, de inspiração. Fui a livrarias, a sebos, revirei as famosas caixas da Feira do Livro. E isso, acho, acontece com todos.

Mas há um momento na vida dos escritores em que os livros começam a correr atrás dos autores. Isso acontece, sobretudo, em encontros de literatura. Nessas ocasiões, numerosas pessoas distribuem exemplares de suas obras, o que é sempre uma coisa amável e uma fonte frequente de surpresas agradáveis. Mas quando o evento ocorre numa cidade distante surge um problema: como transportar tantos livros? A esses objetos jamais se aplica a frase que a mão divina inscreveu na parede do palácio de Nabucodonosor, a sentença interpretada por Daniel: "Foste pesado na balança e encontrado muito leve". Livros raramente são leves. De outra parte, não são raros os escritores que sofrem de problemas na coluna: muitas horas sentados ao computador, o peso da vida... E aí está criado o dilema: os escritores querem levar os livros que recebem, mas não têm forças para tanto.

Um jeito é "esquecer" os livros no hotel. Mas aí, inevitavelmente, surge uma fantasia paranoica: e se, por acaso, a camareira for amiga de um dos autores e contar sobre esse inesperado achado? Pode-se, claro, remover os indícios do crime, isto é, a folha com a dedicatória. Mas não é impossível que a camareira, movida por ânimo vingador, investigue e descubra quem foi o ocupante do aposento. A folha com dedicatória tem esse risco. O escritor pernambucano Raimundo Carrero contou-me que deu um livro, autografado, a um crítico — para, já no dia seguinte, encontrá-lo em um sebo de Recife. Telefonou ao ingrato, perguntou o que tinha achado da obra. "Estou lendo com grande prazer", foi a resposta. "Da outra vez que você mentir", disse Carrero, "pelo menos arranque a folha com a dedicatória."

Outro jeito é deixar os livros no avião. Foi o que fez um amigo meu: ele transportou a preciosa carga intelectual até a aeronave, mas na hora de desembarcar deixou-a no compartimento de bagagens. Quando estava saindo do aeroporto, chamaram-no pelo alto-falante ao balcão da Varig. Lá, um radiante funcionário avisou que tinham achado os livros e, graças ao computador, haviam conseguido identificar o único ocupante daquela fila de assentos. O escritor conta que levou os livros para casa e nunca mais tentou livrar-se deles.

AFLIÇÃO Nº 2: A EVANESCENTE MEMÓRIA DOS LITERATOS

Os escritores podem sofrer dois tipos de bloqueio. Um é o bloqueio de criação, a síndrome da página (ou da tela) em branco. Sentado durante horas, dias, anos, o pobre ficcionista espera em vão por uma ideia — que não vem. Pessoas que passaram por isso dizem que se trata de uma experiência muito angustiante.

O outro bloqueio surge depois que o livro foi escrito. É um bloqueio de memória, não de inspiração. E é um bloqueio seletivo: refere-se aos nomes dos autografandos. A pessoa está na frente do escritor, sorridente, esperando por uma dedicatória. Que não vem — por causa do esquecimento.

Passei por numerosas situações desse tipo, mas há uma que não esqueço. Um dia entrei na Livraria do Globo (sobre escritores perseguindo livros, ver aflição nº 1) e lá encontrei o professor Ernildo Stein. Que, por coincidência, tinha comprado dois exemplares de um livro meu. De imediato pediu-me autógrafos, para ele e a irmã. Orgulhoso, saquei a caneta... E pronto, o nome dele sumiu de minha memória. Enfiou-se numa daquelas obscuras cavernas do inconsciente e dali não saía.

Não preciso dizer que entrei em pânico. Mas disfarcei, procurei manter a calma e recorrer a algum truque. Pedi que dissesse o nome da irmã. Ele disse, mas não resolveu nada, não fez cair a famosa ficha (agora substituída pelo cartão telefônico). Em desespero, resolvi puxar conversa. Perguntei se ele por acaso tinha visto o Carlos Appel. Ernildo, um tanto surpreso, disse que não: fazia tempo que não falava com o Appel. Mas então tu tens de ligar para ele, eu disse. Peguei minha caderneta de endereços e comecei, supostamente, a procurar o fone do Appel. Minha esperança era que, de repente, eu encontrasse o nome do Ernildo...

Não encontrei, ele já consultava o relógio, e, arrasado, vi que teria de confessar minha fraqueza: sinto muito, mas não consigo lembrar teu nome. E naquele momento — aleluia! — abriram-se os porões da mente, fez-se a luz. Era o Ernildo! O Ernildo Stein! Grande Ernildo Stein! Eu tinha vontade de entoar o nome dele ao som da Nona Sinfonia de Beethoven!

Falem vocês da glória da literatura. Eu só lembro as aflições.

Mais aflições dos escritores

[12/11/2000]

Atendendo a pedidos de leitores, e em homenagem à Feira do Livro, aqui vai mais uma crônica sobre as aflições dos escritores. Escrever, como se sabe, é um processo aflitivo, sujeito a muitos acidentes de percurso. É preciso ter uma boa ideia, é preciso contar uma boa história, é preciso, em suma, produzir um bom original. Ah, sim: e é preciso não perder esse original.

Escritores perdem, sim, originais. E perdem das maneiras mais — bem — originais. Começando pelo extravio: jovem escritor, Ernest Hemingway perdeu, num trem, uma mala contendo textos que jamais recuperou. A escritora brasileira Edla Van Steen fez a mesma coisa, mas num táxi: era um romance inteiro, que ela jamais achou.

Isso é a versão mais simples. Agora vamos para algumas mais sofisticadas. A empregada do filósofo inglês John Stuart Mill encontrou no escritório do patrão os originais de *A história da Revolução Francesa*, de Thomas Carlyle, que Mill tinha pedido emprestados. Achou que se tratasse de papel velho e jogou tudo no fogo. O mesmo fez a empregada de John Warburton, *scholar* inglês que tinha reunido uma grande quantidade de textos de autores consagrados.

Agora entram os cachorros. Diamond, o cão de Isaac Newton, derrubou uma vela acesa sobre os originais de seu dono, destruindo importantes pesquisas do genial físico. Já Toby, o cão do escritor norte-americano John Steinbeck, comeu a versão original do romance *Ratos e homens*. Steinbeck, mostrando que o homem também pode ser o melhor amigo do cão, não apenas poupou Toby de uma surra, como ainda elogiou o seu senso crítico: o texto, disse ele, não estava muito bom. O escritor Jeffrey Konitz foi mais além: dedicou o romance *The guardian* a seu cão Rufus, que tinha mastigado o capítulo 27. "Depois que o refiz", garantiu Konitz, "ficou muito melhor."

Alguém poderia dizer: mas essas coisas só aconteciam no tempo em que havia originais. Hoje, com computador, o texto está muito mais protegido. Ledo engano: a eletrônica aniquila a palavra escrita com muito maior facilidade do que qualquer cão esfomeado. É só não salvar adequadamente e pronto.

Inevitável pergunta: e por que não salvam? Por que, no passado, não faziam cópias dos originais? Por que nos deixavam ao alcance de empregadas ultrazelosas ou de cães ciumentos? Porque todo escritor é ambivalente em relação ao que produz. De um lado, acha que aquilo é o melhor que foi feito no gênero; de outro lado, suspeita que não passe de lixo, bom para o fogo ou para cãezinhos de estimação. Posso confirmá-lo com uma experiência pessoal. Uma vez, viajando num trem de Nova York para uma cidadezinha da Nova Inglaterra, resolvi usar o tempo para corrigir os originais de uma novela. A viagem foi longa, e avancei bastante no trabalho. Absorto, não notei que tínhamos chegado ao destino — e aí tive de recolher precipitadamente a bagagem e descer. A pasta com os originais ficou no trem. Mais tarde, ao constatar o esquecimento, telefonei para o escritório da ferrovia, a Amtrak. O homem que me atendeu foi definitivo: papéis esquecidos, disse ele, para nós são *trash*, lixo.

Esse também é o veredicto pronunciado pelo implacável crítico que cada escritor (e cada pessoa) tem dentro de si. Perder originais, nessa circunstância, é apenas natural.

Diário de um cubano

[02/02/2003]

Cuba foi, para minha geração, uma palavra mágica — por causa da Revolução, claro. Nós nos identificávamos com os jovens revolucionários barbudos que, tendo derrotado uma ditadura corrupta, lutavam por uma sociedade mais igualitária e mais justa — a utopia com que todos sonhávamos. Cuba tornou-se um símbolo e foi com muito orgulho que recebi, em 1985, o Casa de las Américas, à época o mais respeitado prêmio literário (ao menos entre a esquerda) do continente.

O tempo passou. A imagem de Cuba mudou, sobretudo após o fim do comunismo. Visitar Cuba agora poderia representar uma desilusão. Rever os sonhos de nossa juventude é uma coisa que não se faz sem um preço. Mas ao receber um convite para integrar o júri do Casa de las Americas, achei que estava diante de um desígnio do destino e aceitei-o sem vacilar.

O próprio embarque já antecipava a situação de ambivalência pela qual eu passaria. O avião da Cubana era um Iliúchin, uma herança da antiga União Soviética. Ao vê-lo, recordei do escritor brasileiro que, convidado para ir a Cuba, apavorou-se ao ver a aeronave — os amigos meteram-no à força para dentro. De fato, são velhos aviões (poltronas puídas etc.), mas a manutenção é da Embraer, o que, para nossa satisfação, é uma garantia. De fato, o voo parece muito seguro e, depois de oito horas, pousamos no belo aeroporto da capital cubana, onde nos aguardava o pessoal da Casa de las Americas. Levaram-nos para o Riviera, um antigo hotel construído por ninguém menos que o gângster Meyer Lansky, na época em que Cuba era um território dominado pelas máfias norte-americanas. O hotel fica num local privilegiado de Havana, o Malecón, uma avenida que acompanha aquele fantástico mar do Caribe. É ao longo desse Malecón que saí para caminhar, entrando depois por ruas transversais. São casas antigas (constrói-se muito pouco em Havana), muito bonitas, mas com pintura descascada, vidros quebrados, grades enferrujadas. A explicação para isto, e para muitas outras situações, é o bloqueio imposto pelos Estados Unidos: falta, entre muitas outras coisas, material de construção. O trânsito, comparado com cidades brasileiras, é muito menor. E os veículos também chamam a atenção. Em primeiro lugar, a quantidade de velhos carros americanos é assombrosa. Um museu do automóvel não teria tantos exemplares. A pergunta que a gente se faz é: como é que esses carros continuam andando? O que acontece quando quebra uma peça? A resposta que se obterá é uma só: improvisa-se. E há outras improvisações: pequenos táxis-moto, semiabertos, coletivos conhecidos como camelos, uma espécie de ônibus rebocado por caminhões. Há também Lada russos, herança de um passado ainda recente. Por muito tempo, a economia cubana dependeu praticamente de um único produto, o açúcar, que era quase todo exportado para a União Soviética — a qual, por sua vez, fornecia o petróleo e uma substancial ajuda financeira. Este modelo simplesmente implodiu. Hoje, a principal fonte de divisas são as remessas dos exilados (e de seus descendentes) nos

Estados Unidos e o turismo. Há muito o que ver em Cuba, a começar pelo mar do Caribe, as praias, a peculiar arquitetura (como quase não se constrói, as antigas, e pitorescas, casas, lá estão). Mas é um turismo todo feito em dólar, e a preços que, para brasileiros, não são baratos. Transporte pode ser difícil. Fui do centro da cidade de Cienfuegos ao hotel em que estava hospedado de carroça — uma carroça com banquinhos para transportar passageiros.

Em compensação, as pessoas são de uma gentileza comovente, e se esforçam ao máximo para agradar o turista. E o turista, ficará contente? Bem, eu colocaria a coisa assim: se você é turista, e está atrás de um *resort* com muita mordomia, vá para um lugar tipo Cancún. Mas se você, além da beleza da paisagem, quer História — e sobretudo, se você quer conhecer algo de uma experiência sociopolítica que marcou nosso mundo, então visite Cuba.

Não será o turismo, para o regime cubano, um cavalo de Troia? Uma coisa é exportar açúcar, recebendo em troca produtos russos e os próprios russos; outra coisa é acolher turistas. Que exigem hotéis, não raro luxuosos, restaurantes, serviços. Na frente do hotel, em Cienfuegos, havia dois locais de atendimento médico. Um era o posto de saúde para a população geral, um local modesto, onde um médico e uma enfermeira atendem pacientes. O outro é uma clínica para estrangeiros: maior, mais confortável, oferecendo uma gama muito maior de serviços. Esta duplicidade não é exceção. Há dois tipos de lojas: aquelas que vendem em pesos cubanos e oferecem poucos artigos, de qualidade em geral inferior, e aquelas que vendem em dólar (inclusive produtos cubanos), que têm uma variedade maior — mas cobram muito mais caro.

Diante do hotel, também havia um grupo de jovens, que constantemente abordava os turistas, pedindo coisas como camisetas velhas e sabonetes. E uma noite uma prostituta, muito amável, aliás, entrou no hotel em busca de um cliente. Será que a divisão turistas-nativos corresponde à clássica cisão da América Latina, ricos e pobres? Funcionários governamentais responderão negativamente: dirão que a população está suficientemente conscientizada para fazer a diferença. Ou seja: a vida em Cuba é suficientemente gratificante para evitar inveja e ambições.

Cuba: a controvérsia

[09/02/2003]

Atingiu a Revolução Cubana os seus ideais? A julgar por três indicadores clássicos, sim. A mortalidade infantil é notavelmente baixa, a expectativa de vida é notavelmente alta, o nível educacional é notavelmente elevado. Os casos de Aids são muito poucos, o problema das drogas é pequeno. Há pouca violência — andar na rua é seguro —, não há desemprego: a economia sendo estatizada, o governo proporciona emprego a todo mundo. O salário pode ser baixo, a atividade pode ser apenas formal, a eficiência pode ser baixa — mas, de qualquer modo, não é desemprego, coisa que compromete decisivamente a dignidade da pessoa.

Há pobreza, sim. Muita pobreza. Mas, em primeiro lugar, não é pobreza abjeta, com gente buscando comida no lixo. Em muitos países da América Latina fala-se na necessidade de uma melhor distribuição de riqueza. Em Cuba, como não há riqueza, o que se conseguiu foi distribuir melhor — mais democraticamente — a pobreza. Nas cidades brasileiras, há bairros ricos (não raro muito ricos) e pobres (não raro muito pobres). Em Cuba, a pobreza mora nos deteriorados palacetes que um dia foram de milionários e que depois, sob a forma de cortiços, passaram a abrigar muitas famílias. Existe desigualdade? Provavelmente sim, mas não se expressa em termos de propriedade. Os "mais iguais" de Orwell talvez tenham mais privilégios e mordomias, mas não terão a posse dos meios de produção de que falava Marx.

O que nos remete a um outro fenômeno: a longevidade do regime cubano. São 44 anos, o que não é pouco. E, sobretudo, 44 anos com o mesmo mandatário, o que era de esperar num regime de partido único, no qual as eleições têm um resultado absolutamente previsível. Aliás, quando lá estive estava em curso um processo eleitoral, inimaginável no Brasil: nenhuma faixa de propaganda nas ruas, nenhum santinho, nenhum horário eleitoral partidário. Em alguns lugares estavam afixados os currículos dos candidatos, e isso era tudo. "Aqui não gastamos dinheiro em publicidade eleitoral", disse Fidel.

Frequentemente chamado de ditador na imprensa mundial, Fidel Castro não é, contudo, um déspota. Não, pelo menos, no sentido comum do termo. Trata-se, em primeiro lugar, de alguém que chegou ao poder lutando contra um regime opressivo e que foi recebido pela população como um libertador. Hoje as memórias da revolução cubana podem parecer coisa do passado, mas o envelhecido Fidel Castro continua um líder carismático, uma figura paternal. Basta vê-lo na tevê, como aconteceu na noite do dia 18 de janeiro. Era um programa sobre as eleições do domingo seguinte. Surpreendentemente, Fidel não foi o primeiro a falar; duas outras pessoas o precederam. Mas então tomou a palavra e aí falou. E falou. E falou. É uma característica sua: fala como se tivesse todo o tempo do mundo (pelo menos daquela parte do mundo que governa) a sua disposição. É verdade que a certa altura consultou o relógio (um modelo barato) e comentou, não sem humor: "Sempre calculo mal o tempo". Nem por isso parou de falar. Mas, falando, ele não é um caudilho demagógico, não é um líder fanático. Parece, antes, um velho professor dirigindo-se à classe ou um patriarca falando ao clã; gesticula muito, faz comentários engraçados. Detalhe: usa números. Uma quantidade assombrosa de números — parece ter na cabeça todas as cifras que se referem a Cuba, quer se trate de economia, saúde ou educação. Nesse programa, anotou também dados fornecidos pelos outros participantes, que não deixou de comentar. É uma energia inesgotável, em se tratando de um homem velho (que fica, inclusive, ofegante). De outra parte, o culto à personalidade é muito menor, e muito menos grotesco, do que na União Soviética de Stálin, na China de Mao ou no Iraque de Saddam Hussein. Os letreiros patrióticos também são raros (e são as únicas peças de publicidade). A figura mais presente — em cartazes, nas camisetas, em pôsteres — é, por razões óbvias, a de Guevara. Presente ao Fórum Social Mundial, Aleida Guevara, filha do Che (e, significativamente, médica), queixou-se da comercialização da figura de seu pai. Queixa justificada e provavelmente inútil. O mercado tem a habilidade de se apossar até da figura de seus potenciais inimigos.

Cuba: o que concluir?

[16/02/2003]

Em relação a Cuba, a grande questão é: estão os cubanos satisfeitos com a situação de seu país? Muita gente se queixa, inclusive para os visitantes da ilha ("Fidel Castro é diabólico", disse-me um padre), mas, em termos mais abrangentes, a pergunta fica sem resposta, num país de partido único e de mídia controlada. Os jornais, como é o caso do tradicional *Granma*, e a tevê parecem estar baseados na fórmula: alguma informação e muita doutrinação. Isto não quer dizer distorção: essa imprensa talvez não minta, mas seleciona. De Cuba, só notícias boas. Dos inimigos, só notícias ruins. E é claro que o grande vilão é representado pelos Estados Unidos. Mas um dos artigos que li chamou-me a atenção pelo tom de queixume. Lembrava que, logo após o Onze de Setembro, Cuba tinha oferecido solidariedade, e até ajuda aos norte-americanos; Bush, porém, tinha reagido levantando suspeitas de que o país pudesse estar preparando armas químicas.

O que remete à questão fundamental de Cuba, a sua relação com o muito próximo e muito poderoso vizinho do Norte. Cuba precisa do comércio internacional, precisa de turistas, precisa de dólares. Os Estados Unidos poderiam resolver muitos problemas da ilha. Mas, é claro, só o farão em seus termos. A palavra-chave aí não é democracia; a palavra-chave é interesse. Interesses que, no passado, eram, no mínimo escusos. A ligação entre o crime organizado nos Estados Unidos e Batista era muito bem conhecida, mas isto não incomodava Washington. Porém toda a história que veio depois, a aliança com a União Soviética, a fuga de cubanos (que hoje constituem um poderoso grupo de pressão nos Estados Unidos), mudou tudo.

A melhor coisa de Cuba é o povo cubano. Raramente se verá gente tão amável, tão ansiosa por ajudar o visitante, tão bem-humorada. Os cubanos adoram bater papo. E adoram música. Por toda parte há gente cantando, gente tocando instrumentos musicais, gente dançando. Estive algumas vezes na Europa Oriental na época do comunismo, e me lembro das caras fechadas, do clima de depressão. Em Cuba não há disso. Há compensações para a pobreza: serviços de saúde, provisão, ainda que escassa, de alimentos, estímulo à atividade esportiva e cultural. E participação. As pessoas têm um espaço para falar e para escutar. Mesmo que do ponto de vista prático o resultado possa não ser significativo — ao fim e ao cabo a decisão fica, como em todos os lugares, com o governo —, do ponto de vista humano esta é uma gratificação importante.

Estes canais de expressão podem conter o germe de uma mudança cujo rumo ainda é indefinido. No antigo Teatro Terry, em Cienfuegos, vimos um notável grupo de dança, o Chorus Perpetuus. São seis jovens que, no começo do espetáculo, estão presos uns aos outros por pulseiras de pano. Um a um, os jovens procuram se desprender do grupo e dançar individualmente — uma tentativa que os outros tratam de impedir. O desgarrado sempre volta — até que no final todos se livram dos laços que os aprisionam. Que metáfora é essa? De que libertação se trata? Da libertação pela qual lutaram os jovens guerrilheiros de Sierra Maestra, a libertação da miséria e da desigualdade — ou de uma outra libertação? Só o tempo dirá.

Médico & monstro (no trânsito)

[21/11/2004]

Por que a história de Robert Louis Stevenson sobre o dr. Jekyll e Mr. Hyde, o médico e o monstro, nos impressiona tanto? Simples: porque é uma narrativa metafórica que corresponde à realidade. Cada um de nós tem dentro de si o médico bonzinho e o monstro malvado, como tive ocasião de constatar pessoalmente uma noite dessas.

Na vida habitual sou, como o dr. Jekyll, médico (de saúde pública), e escritor, duas ocupações que absorvem a maior parte do meu tempo e de minha energia. Mas algo dessa energia sobra para o Mr. Hyde (notem este nome, uma variante da palavra inglesa que quer dizer oculto, escondido) que, lá num escuro desvão da minha mente, apenas aguarda uma oportunidade para mostrar as garras. No meu caso, que é igual ao de milhões de pessoas, tal oportunidade ocorre quando estou ao volante do carro. Paradoxalmente, a máquina, que é coisa moderna, símbolo de progresso, tem o poder de mobilizar o troglodita dentro de nós. O carro é o equivalente da clava do homem primitivo. Uma clava que é motorizada e tem pneus, mas que nem por isso deixa de ser instrumento de violência, de uma violência que explode a todo instante no trânsito e à qual poucos de nós somos imunes.

Eu vinha pela pequena rua que atende pelo pitoresco nome de Fonte da Saúde e que dá na Santa Cecília, onde moro. Trata-se de um cruzamento perigoso, porque os automóveis que descem a Santa Cecília não raro entram ali em alta velocidade e de maneira imprudente. Nessa noite não deu outra; o carro que descia fez uma curva fechadíssima e não bateu no meu carro por centímetros. Foi o suficiente. Mr. Hyde assumiu o comando e, através de minha boca, usando a minha voz, gritou meia dúzia de desaforos para a motorista, uma simpática senhora. Ela parou e disse uma daquelas frases que, não importando o quanto estejamos transtornados, imediatamente nos trazem de volta à realidade: francamente, doutor Scliar, eu não esperava uma coisa dessas do senhor.

Dr. Jekyll voltou à vida, e ao volante. E voltou envergonhado com o que o Mr. Hyde tinha feito. Este não se dava por vencido: afinal, a senhora tinha feito uma manobra perigosa, coisa que o equilibrado dr. Jekyll, mesmo a contragosto, teria de admitir. E admitiu. Resultado: os dois personagens ficaram confusos.

Resta-me pedir desculpas à senhora — e ao mesmo tempo adverti-la para que não repita o erro. Dupla mensagem? É. Dupla mensagem. A vida é assim, uma rua de mão dupla e de tráfego desconcertante, o que até dá a Mr. Hyde uma dose de razão.

Ainda bem que Robert Louis Stevenson nunca passou de carro pelo cruzamento da rua Fonte da Saúde com a Santa Cecília. Ainda bem que ele nunca experimentou o trânsito brasileiro. Ficaria tão confuso que jamais poderia escrever *O médico e o monstro*.

O nascimento de um sonho

[28/12/2008]

O fim do ano, com seu clima natalino e a excitada perspectiva de um novo ano, não costuma ser uma ocasião muito propícia para grandes movimentos políticos. Uma exceção ocorreu há poucos dias, com o golpe na Guiné. Outra exceção está agora completando seu cinquentenário. No primeiro dia de 1959 fugia de Cuba um dos muitos caudilhos que na América Latina fizeram história. Estamos falando de Fulgencio Batista, que governou o país entre 1933 e 1944, e novamente entre 1952 e 1958, nesta segunda vez depois do clássico golpe militar, apoiado pelos Estados Unidos.

Alterava-se assim dramaticamente uma história que tivera seu início sessenta anos antes, em 1898, quando eclodiu no Caribe a guerra hispano-americana em consequência da qual Cuba se tornou independente. Independente em termos. A proximidade da ilha, pobre e subdesenvolvida, ao território americano (a Flórida é logo ali) quase que inevitavelmente fazia de Cuba um potencial satélite dos Estados Unidos. Atribui-se a Porfirio Díaz, presidente mexicano, uma frase que ficou célebre: "Pobre México, tão longe de Deus e tão perto dos Estados Unidos". Pois os cubanos — os contestadores pelo menos — poderiam dizer a mesma coisa. E diziam, com base nos fatos: assim, em 1903, o governo cubano arrendou aos Estados Unidos a base militar de Guantánamo, recente cenário de torturas de prisioneiros. A presença — militar e econômica — dos americanos era uma constante em Cuba. Ali foram construídos numerosos cassinos frequentados por notórios gângsteres; ali era um paradisíaco lugar de farras, o bordel americano. Nestas circunstâncias, o apoio estadunidense a Fulgencio Batista era apenas natural, e baseado num raciocínio sintetizado na frase que o presidente Roosevelt disse em 1939 a respeito de outro caudilho caribenho, Anastasio Somoza: "*He's a son of a bitch, but he's our son of a bitch*". Ou seja: o governante poderia ser um fdp, mas desde que fosse confiável para o governo americano, tudo bem. Uma regra que depois se aplicou a Pinochet e a vários ditadores.

Mas nem todos os cubanos se conformavam com esta situação. Com o golpe de 1952 começaram os protestos contra o governo de Batista, liderados pelo movimento estudantil. Entre os ativistas estava um jovem advogado, Fidel Castro, conhecido por defender aqueles que eram perseguidos pelo governo e membro do Partido do Povo Cubano (não do Partido Comunista, que aliás tinha apoiado Batista na primeira gestão). Da retórica, Castro passou à ação e tentou um quixotesco ataque ao quartel militar de Moncada; preso, foi anistiado em 1955 e exilou-se no México. Junto com o irmão Raúl e com Ernesto Che Guevara, organizou o Movimento 26 de Julho, cujo objetivo era derrubar a ditadura de Batista. Os revolucionários embarcaram num barco, o *Granma* (que até hoje pode ser visto no Museu da Revolução em Havana), mas no desembarque as tropas de Fulgencio Batista, avisadas, dizimaram os guerrilheiros. Fidel, Raúl e Che refugiaram-se em Sierra Maestra. Lá, organizaram os camponeses para a luta armada, com apoio também da classe média urbana.

Nasceu daí a Frente Cívico-Revolucionária Democrática, que acabaria depondo Batista.

Em outubro de 1958, teve início a vitoriosa Marcha sobre Havana. No dia 1º de janeiro, Batista deu no pé. Começava assim um dos capítulos mais controversos da história recente. O sonho continuou sonho? O sonho transformou-se em realidade? O sonho virou pesadelo? São perguntas que não querem calar. E ainda bem que não querem calar. Neste caso, como em outros, é da discussão que nascerá a luz. Não a luz dos fogos de artifício que saudaram 1959. Outras luzes.

ESTA OBRA FOI COMPOSTA EM ELECTRA PELO ESTÚDIO O.L.M. / FLAVIO PERALTA
E IMPRESSA EM OFSETE PELA PROL EDITORA GRÁFICA SOBRE PAPEL PÓLEN SOFT
DA SUZANO PAPEL E CELULOSE PARA A EDITORA SCHWARCZ EM SETEMBRO DE 2012